Anthony Horowitz

La nuit du Scorpion

Traduit de l'anglais par Annick Le Goyat
Illustrations de Jean-Noël Velland

HACHETTE Jeunesse

Du même auteur dans
Vertige fantastique

- *Les portes du Diable*
- *La Citadelle d'argent*
- *L'île du Crâne*
- *Le jour du Dragon*
- *Maudit Graal*
- *Mortel chassé-croisé*

Vertige policier

- *Le Faucon Malté*
- *L'ennemi public no 2*
- *Signé F.K. Bower*
- *Devine qui vient tuer*

Le Livre de Poche Jeunesse

- *Satanée grand-mère !*

L'édition originale de cet ouvrage
a paru en langue anglaise
sous le titre
THE NIGHT OF THE SCORPION.

43, quai de Grenelle, 75015 Paris.

PROLOGUE

La lueur rougeoyante des flammes se reflétait dans les yeux du vieil homme. Une brise légère balayait ses cheveux argentés sur son visage.

« Il viendra de lui-même, dit-il. Inutile de l'envoyer chercher. »

Le vieillard se releva et s'approcha du ravin, tournant le dos aux quatre hommes accroupis autour du feu.

« Qui est-il ? questionna l'un d'eux.

— C'est un garçon de treize ans, qui vit à l'autre bout du monde.

— Comment un gamin pourrait-il nous aider ?

— Tu ne comprends pas, Tomac, murmura le vieil homme. Ce garçon possède un pouvoir dont il ne soupçonne même pas l'étendue et qui le mènera jusqu'à nous. En cherchant à l'éliminer, ses ennemis ne feront que précipiter son départ.

— Et comment s'appelle-t-il ? demanda Tomac.

— Martin Hopkins », répondit le vieil homme en contemplant les montagnes.

La brume matinale se déroulait dans la vallée comme une rivière fantôme.

1

ÉTRANGE PERCEPTION

Mme Hardy embrassa la cuisine d'un coup d'œil, lâcha son sac, et se laissa tomber sur une chaise.

« Je ne sais pas, grommela-t-elle en secouant la tête d'un air atterré. Franchement je ne sais pas.

— Désolé, madame Hardy... commença Richard Cole.

— Je travaille depuis quarante ans, l'interrompit la femme de ménage. Jamais je n'ai vu un appartement dans cet état. Ce n'est pas du désordre, monsieur Cole, c'est un chantier de démolition !... Un désastre, un vrai désastre, ajouta-t-elle en retirant le sachet de thé détrempé sur lequel elle s'était assise. Je trouve du papier et des stylos dans l'armoire à linge, du lait sur le bureau, et une demi-douzaine de chaussettes dans le réfrigérateur ! Après une matinée de travail ici, il me faut une journée entière de repos !

— Je vous assure que nous essayons de mettre de l'ordre, se défendit Richard.

— Vous essayez peut-être, mais vous n'y arrivez pas, persifla Mme Hardy. La semaine dernière, j'ai découvert une machine à écrire dans les toilettes. Ça m'a donné un sacré choc, je vous le jure. »

La pauvre femme était tombée dans une bien étrange famille. Martin avait treize ans, Richard vingt-six. Martin allait au lycée, Richard était assistant-reporter à la *Gazette de Greater Malling*, un journal local. Ils habitaient ensemble dans l'appartement de Richard à York, se relayant pour les tâches ménagères. Malheureusement, Richard n'était doué ni pour la cuisine, ni pour le ménage, ni pour la lessive. Il était incapable de cuire un œuf sans brûler la poêle, ou de chauffer de l'eau dans la bouilloire sans faire sauter les plombs. La situation devenant catastrophique, Martin l'avait persuadé d'engager une femme de ménage deux fois par semaine. Mme Hardy était venue travailler quatre fois, mais rien ne prouvait qu'elle accepterait de revenir une cinquième.

« Écoutez, madame Hardy, plaida Richard avec un sourire charmeur. Si vous nettoyez l'appartement, je vous promets que nous ferons notre possible pour le garder en ordre jusqu'à vendredi.

— C'est ce que vous m'aviez déjà promis la semaine dernière.

— Bon, nous reparlerons de tout cela vendredi, conclut Richard en jetant un coup d'œil à sa montre. Nous sommes en retard.

— Je me demande quel péché j'ai commis pour vous avoir rencontrés », maugréa Mme Hardy.

Une fois dans la voiture, Martin éclata de rire.

« Qu'y a-t-il de si drôle ? s'étonna Richard en le dévisageant.

— Mme Hardy. Je sais que je ne devrais pas rire, mais plus elle ronchonne, plus je la trouve comique. Et le sachet de thé sur sa chaise...

— Je comprends que travailler pour nous lui pose des problèmes, admit Richard en souriant. La pauvre... La semaine dernière elle m'a questionné sur nos liens de parenté.

— Que lui as-tu répondu ?

— Que je t'avais adopté.

— Eh bien... ce n'est pas tout à fait faux », remarqua doucement Martin en regardant défiler le paysage familier par la vitre.

Le souvenir des événements qui avaient uni leurs destinées était encore très vivace. Après la mort accidentelle de ses parents, Martin s'était retrouvé dans un village perdu du Yorkshire. Alors avait commencé un cauchemar qui aurait dû s'achever dans un marais glacial si Richard n'était intervenu à temps pour le secourir. Ensemble ils avaient combattu des créatures maléfiques — les Anciens — et remporté la victoire à la Porte du Diable*.

Depuis, la vie avait repris son cours normal. Martin était un écolier ordinaire, qui suivait des études dans un lycée de York, à la sortie de la ville. Quant à Richard, sitôt leurs aventures terminées, il avait

* Voir *Les Portes du Diable,* Bibliothèque Verte Aventure.

réintégré son poste au journal. L'un et l'autre évitaient d'évoquer le passé.

En apercevant le garage situé en haut de la côte, Martin commença à rassembler ses affaires. Le lycée de Forest Hill se trouvait juste en bas de la colline.

«Je risque d'arriver un peu en retard pour te prendre, ce soir, l'informa Richard en ralentissant.

— Ce n'est pas grave, je peux rentrer en bus. Un reportage intéressant ?

— C'est l'avis de mon rédacteur en chef, soupira le journaliste avec une moue dégoûtée. Un curé blessé par une pomme tombée de l'arbre ! Comme s'il avait découvert la loi de la gravitation universelle !

— Bonne journée quand même ! lança Martin en descendant de voiture.

— Toi aussi. Et travaille bien !»

Forest Hill était un lycée tout neuf, construction de verre et d'acier disposée en U. La statue en bronze du fondateur trônait au milieu de la cour. L'âge des élèves allait de onze à dix-huit ans et les classes étaient mixtes. L'arrivée de Martin en cours de trimestre ne l'avait pas empêché de se faire des amis. Il travaillait correctement et on l'avait sélectionné dans l'équipe de football des juniors. Bref, Forest Hill était un endroit assez agréable, si tant est qu'une école puisse l'être.

Après avoir un instant suivi des yeux la voiture de Richard, Martin marcha vers l'entrée principale. Il fit trois pas, s'arrêta, et porta la main à son front. Il avait l'impression d'avoir reçu un coup. Ses tempes battaient, sa bouche était sèche. Il fit un autre pas et s'appuya contre la grille. Son cœur tambourinait dans sa poitrine.

« Que t'arrive-t-il ? » se murmura-t-il à lui-même.

Dans le lycée, une cloche sonna. Martin se ressaisit et rejoignit la classe, certain que son malaise finirait par se dissiper tout seul.

Il avait tort. Plus la journée avançait (ou plutôt se traînait), plus il se sentait mal. Le doux soleil de mai lui semblait brûlant au travers des vitres, et la chaleur qui régnait dans la salle de classe l'étouffait, malgré les fenêtres ouvertes. Midi arriva enfin et il se demanda s'il aurait la force de résister jusqu'au soir.

Robin West, son meilleur ami, qui était assis près de lui dans le réfectoire, s'étonna de le voir laisser son assiette intacte.

« Tu n'as pas faim ?

— C'est la chaleur, se plaignit Martin.

— Pourtant il ne fait pas chaud.

— Je suis en sueur.

— Tu es bien le seul, remarqua Robin en le dévisageant avec curiosité. Tu n'as pas l'air en forme, mon vieux. Je dirais même que tu as l'air malade. Tu as peut-être attrapé un virus. »

Robin avait raison. Aucun autre élève n'avait ôté sa veste et ne semblait souffrir de la chaleur, alors que Martin transpirait abondamment.

« À ta place, j'irais voir l'infirmière, insista Robin. Avec un peu de chance, tu seras dispensé de cours pour l'après-midi !

— Tu as raison, je vais y aller. »

L'infirmière était une femme opulente, avec des dents qui se chevauchaient et des sourcils froncés en permanence. Elle examina rapidement Martin et diagnostiqua un léger rhume de printemps.

« Tu es un peu fiévreux. Évite de jouer, cet après-midi.

— Puis-je rentrer chez moi ?

— Certainement pas ! Avale ce comprimé et retourne en classe. Tu ne mourras pas d'attendre la fin des cours. »

Le médicament ne produisit aucun effet sur Martin. La voix du professeur lui parvenait, lointaine et déformée, et le tableau noir se brouillait. Enfin arriva l'heure du dernier cours : littérature anglaise. C'était une matière qui aurait été intéressante si le professeur ne s'était pas arrangé pour rendre ennuyeux et obscurs les textes les plus passionnants.

M. Reddy, un homme vieillissant, au visage étroit et au cheveu rare, s'exprimait d'une voix fluette et monotone. William Shakespeare était le seul amour de sa vie. En ce moment même, il s'appliquait à disséquer *Macbeth*, et il avait copié une citation de l'acte quatre au tableau.

« Bien entendu, disait-il, nous ne croyons plus à la sorcellerie ni à la magie noire, de nos jours. Nous ignorons ce que sont les étranges perceptions des inquiétantes sœurs de la pièce. À l'époque de Shakespeare, en revanche, tout le monde croyait aux sorcières. Le roi James lui-même... »

La voix du professeur s'estompa. Un martèlement résonna dans la tête de Martin et sa vue se troubla. Tout à coup, ce fut le silence. Il tourna lentement la tête vers la fenêtre et le cauchemar commença.

Un camion surgissait de nulle part sans un bruit. Il n'y avait personne au volant. Et le camion fonçait sur le lycée tel un animal fondant sur sa proie. Ses phares étaient ses yeux, son capot une gueule menaçante. C'était un énorme poids lourd, un grand cylindre bleu supporté par une douzaine de roues noires. Il approchait. Il remplissait tout le cadre de la fenêtre...

« Hopkins ! »

La vision s'effaça et Martin leva les yeux vers le visage irrité de M. Reddy.

« Oui, monsieur ?

— Répondez à ma question, Hopkins.

— Désolé, monsieur. Je n'ai pas entendu.

— Je vois, je vois, grommela le professeur avec un sourire mauvais. Vous rêvez, n'est-ce pas ? William Shakespeare ne vous intéresse pas ! Parfait, Hopkins, vous resterez à la fin du cours et nous trouverons de quoi vous occuper. À vous, West. Expliquez-moi ce que veulent dire les sorcières de *Macbeth* quand... »

Martin pressa ses doigts sur ses yeux mais la vision l'assaillit à nouveau, encore plus horrible.

Cette fois, le lycée était en feu. Des flammes pourpres jaillissaient du rideau de fumée noire qui emplissait la classe. Les vitres volaient en éclats meurtriers, les pupitres étaient renversés. Il voyait Robin West étendu sur le sol, une mare de sang autour de sa tête, et M. Reddy cloué contre le tableau noir. Des gens couraient dans tous les sens. Une fille tombait par une fissure dans le plancher éventré, une autre était coincée par une armoire renversée qui lui écrasait les jambes. Pourtant, un silence total régnait. Martin voyait les gens crier sans les entendre, comme s'il regardait un film à la télévision en ayant coupé le son.

Il repoussa sa chaise et se dressa, les mains pressées sur ses yeux.

« Que se passe-t-il, Hopkins ? » questionna M. Reddy en s'interrompant au milieu d'une phrase.

Martin rouvrit les yeux. La classe avait retrouvé son aspect normal, mais il savait que cela ne durerait pas.

« Je suis désolé, monsieur, dit-il en s'efforçant de garder son calme. Il faut faire sortir tout le monde d'ici.

— Sortir d'ici ? Vous nous proposez une promenade dans les bois, Hopkins ?

— Je ne peux pas vous expliquer mais une chose horrible va se produire. Il faut absolument évacuer le lycée. »

M. Reddy le contemplait, le visage empourpré, hésitant entre la stupéfaction et la fureur, tandis que les élèves se mettaient à discuter, en pouffant de rire.

« Silence ! hurla le professeur. Est-ce là votre conception de l'humour, Hopkins ?

— Non, monsieur.

— Parce que si vous vous croyez drôle...

— Non, monsieur, le coupa Martin. Je vous en prie...

— Asseyez-vous. Nous nous expliquerons plus tard. Asseyez-vous », répéta-t-il d'une voix aiguë.

Au lieu de lui obéir, Martin bondit vers le fond de la classe et brisa le petit écran de verre pour tirer le signal d'alarme. Aussitôt des sirènes se mirent à hurler dans tous les bâtiments. Des portes claquèrent, des milliers de pas résonnèrent dans les couloirs. La classe de Martin hésita un moment mais, après tout, les consignes de sécurité devaient être respectées en toutes circonstances. D'un même mouvement, les élèves refermèrent leurs livres et se ruèrent vers la sortie. Martin les suivit, M. Reddy sur les talons.

Le professeur le rattrapa sur le terrain de football. À ce moment-là, le lycée était vide. Toutes les classes s'étaient rassemblées selon le règlement d'évacuation et un responsable comptait les têtes. Martin ne protesta pas lorsque M. Reddy le saisit par le col pour le traîner devant le proviseur hébété qui guettait un signe éventuel de fumée ou l'arrivée des pompiers.

« Ah, monsieur Reddy ! s'écria-t-il en reconnaissant le professeur. Avez-vous une idée de ce qui se passe ?

— Oui, monsieur le proviseur. Je crains que ce soit une fausse alerte. Ce garçon, Hopkins, a déclenché l'alarme pour faire une farce.

— Une farce ? s'étrangla le proviseur.

— Je venais juste de le punir pour... »

Mais M. Reddy s'interrompit car le proviseur ne l'écoutait plus. Son regard s'était légèrement décalé et fixait un point par-dessus son épaule. Le professeur se retourna lentement.

Le chauffeur du camion-citerne avait garé son véhicule en haut de la côte, devant le garage, et il était entré dans le café en face pour manger un sandwich avant de livrer son carburant. Il était installé à une table lorsque cela s'était produit. Une brise légère avait tournoyé autour du camion. Puis dans la cabine, la poignée de frein s'était desserrée avec un petit déclic, comme actionnée par une main invisible. Le camion avait avancé en roue libre, prenant de la vitesse dans la forte descente.

C'est ainsi qu'un camion-citerne rempli de milliers de litres d'essence avait dévalé la colline, droit sur le lycée de Forest Hill. Rien au monde n'aurait pu l'arrêter.

Le choc fut terrifiant. Le poids lourd percuta le bâtiment de plein fouet, fracassant les piliers d'acier et projetant des millions d'éclats de verre. Il s'y encastra entièrement dans un fantastique chaos puis, après quelques secondes de silence, tout explosa. Une boule de feu jaillit des décombres et monta si haut dans le ciel qu'elle sembla menacer les nuages. Une chaleur intense se répandit jusqu'au terrain de football, à deux cents mètres de là. Les flammes s'échappaient des décombres pour aller lécher les pelouses environnantes.

« Mon Dieu ! se lamenta le proviseur. Si nous avions été à l'intérieur...

— Il savait ! s'étrangla M. Reddy en lâchant brusquement Martin. Hopkins savait ce qui allait arriver. »

Le proviseur le contempla d'un œil hagard et effrayé. S'il avait attendu des remerciements, Martin aurait été déçu.

La rumeur de ce qui avait précédé le drame se répandit très vite dans les rangs. Tous les regards étaient braqués sur Martin. Les chuchotements allaient bon train, des rires nerveux éclataient, mais personne ne lui adressait la parole. Quand il voulut rejoindre ses amis, ceux-ci s'éclipsèrent comme s'il avait la peste.

BAR

Richard arriva une demi-heure plus tard. Le feu dévorait encore ce qui subsistait du lycée. Martin était assailli par les responsables de l'établissement, les policiers, les pompiers, et une meute de journalistes accourus en toute hâte sur les lieux du sinistre. Richard fendit la foule et parvint à le dégager.

« Martin, tu vas bien ?

— Mieux, répondit-il avec un sourire. Je suis content que tu sois là. Es-tu au courant de ce qui s'est passé ? »

Richard hocha la tête.

« J'ai entendu la nouvelle à la radio. Désolé de n'avoir pu arriver plus tôt. J'ai fait aussi vite que j'ai pu. Sans toi, tous ces gens seraient morts, ajouta-t-il d'un air consterné. Quel terrible accident !

— Un accident ? Crois-tu sincèrement qu'il s'agit d'un accident ?

— Bien sûr. Que veux-tu que ce soit ?

— Rentrons à la maison », soupira Martin en jetant un dernier coup d'œil aux décombres de son lycée.

2

LE MOINE FOU

« Bien sûr, il s'agit d'un accident !

— Je ne crois pas, Richard. Je préférerais, mais... à peine étais-tu parti que j'ai senti qu'il allait se produire quelque chose. C'est difficile à expliquer. En tout cas je suis convaincu que le camion ne visait pas le lycée, mais seulement moi.

— C'est absurde, Martin.

— Je sais, soupira-t-il. Comment expliquer un phénomène qui se passe à l'intérieur de soi ? Crois-moi, Richard. J'étais le seul visé.

— Pourquoi ?

— Parce que, quelque part, quelque chose va arriver et que je ne suis pas censé y assister. »

La pendule de la cuisine sonna six heures. La nuit tombait. Cette journée de la fin du mois de mai avait été particulièrement maussade et humide. Dans un coin de la pièce, une télévision en noir et blanc trônait sur une chaise. Elle était allumée mais ni Richard ni Martin n'y prêtaient attention. Un journaliste présentait les informations :

« *Le Premier ministre est rentré ce matin après un voyage officiel à Washington où, paraît-il,...* »

Quatre jours s'étaient écoulés depuis l'accident de Forest Hill. Richard et Martin buvaient une tasse de thé, assis à la table de la cuisine. Il régnait dans l'appartement un désordre pire encore qu'à l'accoutumée. Normalement Mme Hardy aurait dû venir travailler le matin mais, dès que les événements du lycée s'étaient étalés à la une de tous les journaux du pays, elle avait téléphoné à Richard pour lui annoncer sa démission.

Pour Martin, ces quatre jours avaient été épouvantables. D'abord, il y avait eu l'enquête. Le conducteur du camion ayant juré qu'il avait serré son frein à main, un expert avait examiné l'épave sans relever le moindre signe de défaillance du système de freinage, et certifié qu'il n'était pas serré. M. Reddy avait alors fait son apparition sur le devant de la scène, et c'était sa version, confirmée par une douzaine de témoins, qui avait déclenché le tapage.

La police avait convoqué Martin à trois reprises pour l'interroger sur son rôle, tant et si bien qu'il s'était presque senti en état d'accusation. On avait consulté d'autres experts, venus tout exprès de Londres, pour effectuer sur lui des tests psychologiques à l'aide de dessins bizarres et d'instruments électroniques. Martin avait fait de son mieux pour les aider mais les tests n'avaient abouti à rien et la police l'avait renvoyé chez lui.

Malgré cela, l'affaire n'était pas close. Des dizaines de reporters et de photographes continuaient d'assiéger l'appartement. Le téléphone sonnait sans interruption, au point que Richard avait fini par le débrancher. Trop de questions restaient sans réponses.

« *La police du Yorkshire n'a fourni aucune autre révélation sur l'accident qui a détruit le lycée de Forest Hill au début de la semaine...* »

Richard avait pris une semaine de congés pour aider son ami. Pour lui non plus la vie n'était pas simple. En apprenant qu'il vivait avec le héros de l'affaire la plus sensationnelle du moment, son rédacteur en chef lui avait réclamé un récit exclusif. Par égard pour Martin, Richard avait refusé. Non seulement il sacrifiait une chance de se faire connaître, mais il risquait de perdre son emploi.

« Ce dont nous avons besoin, c'est de vacances, conclut-il d'un ton pensif en trempant un biscuit dans son thé.

— Où ? demanda Martin.

— N'importe où, à condition que ce soit loin. Si nous pouvions nous éclipser deux semaines, tout le monde oublierait Forest Hill. Que penserais-tu de... Paris ? Ou peut-être Rome ? »

Martin se prit à rêver, regardant sans le voir l'écran de télévision.

« *Et, pour terminer, une vente aux enchères assez exceptionnelle de livres rares, demain chez Sotheby's.*

La pièce la plus étonnante de la collection est le journal intime du Moine Fou de Cordoue... »

Martin sursauta et la tasse de thé qu'il tenait dans la main se répandit sur la table.

« Que se passe-t-il ? s'étonna Richard.

— Tu n'as pas vu ?

— Quoi ?

— Les informations. Je n'écoutais pas mais je l'ai vu, Richard. Je l'ai vu !

— Explique-toi », s'énerva Richard.

Les informations étaient terminées et un homme au visage triste commentait les prévisions météorologiques.

« Tu verras toi-même », répondit Martin en se levant, les yeux brillants d'excitation.

Le journal télévisé suivant n'eut lieu qu'à neuf heures. Le présentateur répéta les nouvelles de la journée : le Premier ministre à Washington, une grève à l'aéroport de Paris, Forest Hill.

« Nous y sommes », annonça Martin, alors qu'une image de la salle des ventes aux enchères de Sotheby's apparaissait sur l'écran.

« *Chez Sotheby's, demain, exceptionnelle vente de livres rares. La pièce la plus étonnante de la collection est le journal intime d'un homme surnommé le Moine Fou de Cordoue. L'ouvrage, que l'on croyait égaré, fut écrit par l'un des premiers conquistadors espagnols qui envahirent le Pérou et vainquirent les Incas en 1532. Le nom véritable de l'auteur est resté inconnu. Il devint fou et revint en Espagne où il rédigea ce livre peu avant de mourir, enfermé dans un monastère. Le journal, relié d'une couverture en cuir gravée à l'or, est un fantastique amalgame de faits réels et d'inventions...* »

« Fais attention, Richard, c'est maintenant ! »

Le fameux livre venait d'apparaître. De la taille d'un recueil de cantiques, relié en cuir, son épaisse couverture était ornée d'un dessin de scorpion gravé à l'or.

« ... *Et contient de remarquables prévisions, y compris l'apparition des automobiles, des satellites et des ordinateurs. Le Moine Fou va jusqu'à prédire le destruction totale du Pérou !* »

« Regarde ! » cria Martin.

Sur le commentaire assez ironique du présentateur, défilaient des images du livre. Tout à coup la caméra s'arrêta sur une page couverte en partie par un dessin. Cela dura quelques secondes, mais ce fut suffisant.

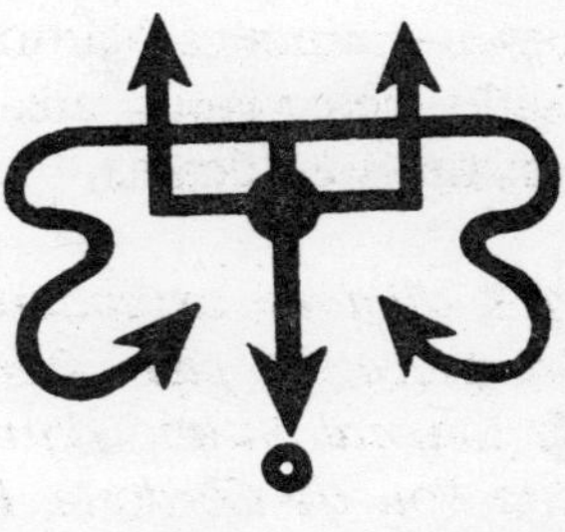

« Tu as vu le dessin ? questionna Martin.

— Oui, je l'ai vu.

— Tu l'as reconnu ?

— Bien sûr, soupira Richard en se levant pour éteindre la télévision. C'est le signe des Anciens. »

3

UNE VENTE AUX ENCHÈRES

Richard et Martin grimpèrent les quelques marches qui donnaient sur New Bond Street et pénétrèrent dans le monde étrange de Sotheby's, l'une des deux plus fameuses salles de ventes aux enchères de Londres. Martin eut d'abord l'impression de s'être égaré dans l'invraisemblable bric-à-brac d'un bureau des objets perdus. Aux étagères pleines de poupées de porcelaine succédaient des rangées de bibelots chinois, de cartes anciennes ou de parchemins. Des tableaux de toutes tailles couvraient les murs. Chaque objet portait une étiquette numérotée, comme si l'excentrique qui l'avait égaré par insouciance allait bientôt venir le réclamer.

La principale salle de Sotheby's, aux murs vert pâle défraîchis et à la moquette gris terne, était déjà à demi remplie. Pourtant la vente ne devait commencer que dans vingt minutes. Au fond, un podium vétuste équipé d'un micro attendait le commissaire-priseur. Un écran électronique fixé au plafond affichait le cours de la livre sterling* dans six devises étrangères. Des hommes et des femmes au visage sérieux, assis en rang, pianotaient sur leur calculatrice de poche. Le tic-tac de douzaines de pendules prévues pour la vente du lendemain ajoutait au suspense et, plus le temps s'écoulait, plus la salle se remplissait et plus l'agitation croissait.

Derrière l'estrade du commissaire-priseur on avait dressé une grande table qui gémissait sous le poids de piles de livres. Richard et Martin s'en approchèrent, non sans avoir bousculé de nombreuses personnes pour se frayer un chemin. L'assistant qui se tenait là leur adressa le sourire poli mais peu enthousiaste, réservé aux gens qui ne lui apparaissaient pas comme des clients sérieux.

« Excusez-moi, lui dit Richard.

— Oui, monsieur ?

— Serait-il possible de consulter un livre ?

— Il y en a deux cents, monsieur, lui fit remarquer l'assistant d'un air pincé.

— Je parle d'un livre précis.

— Le journal du Moine Fou, intervint Martin.

— Je regrette, mais c'est impossible, refusa le clerc en se frottant les mains. Le journal est la pièce la plus exceptionnelle de la collection et nous ne la mettons pas à la disposition du public. Je vous prie de m'excuser... »

* Monnaie anglaise.

Avec un petit hochement de tête, il s'éloigna en direction d'un émir arabe ventru qui cherchait un siège.

« Autant pour nous ! grommela Martin.

— N'abandonne pas si vite, le réconforta Richard.

— Que pouvons-nous faire ?

— Rien pour l'instant. Quelqu'un va forcément acheter ce livre. Assistons à la vente, nous aviserons ensuite. »

En se retournant, ils se trouvèrent nez à nez avec un homme de petite taille et au teint olivâtre, qui avait manifestement écouté leur conversation. Il était à peine plus grand que Martin, avec des cheveux bruns clairsemés et décolorés aux extrémités, des yeux rapprochés et nerveux, des lèvres minces. Il portait un pantalon jaune pâle, un gilet gris et rose, et un nœud papillon à pois.

« Excusez-moi, dit-il. Je... je n'avais pas l'intention d'être indiscret mais... pourquoi le journal intime du moine vous intéresse-t-il ?

— Nous aimerions y jeter un coup d'œil, répondit Richard.

— Oui, c'est ce que j'ai compris, mais... pardonnez-moi... vous n'avez pas l'air d'un antiquaire.

— Je ne le suis pas. Et vous ?

— Oui. Je m'appelle David Goodge. De "Goodge Antiquités".

— Eh bien, disons simplement que l'ouvrage nous intéresse et que nous espérons rencontrer celui qui l'achètera.

— C'est moi qui vais l'acheter, répliqua David Goodge d'un ton déterminé.

— Nous autoriseriez-vous à le consulter, une fois qu'il sera en votre possession ?

— Je crains que non. Désolé...

— Que comptez-vous en faire ?

— J'ai l'intention de le détruire. »

*

* *

Richard et Martin assistèrent au début de la vente du fond de la salle. Les affaires marchaient bien. Deux employés présentaient chaque objet au public tandis que le commissaire-priseur en donnait une brève description. Ensuite il ouvrait les enchères. Certains ouvrages étaient vendus pour une centaine de livres sterling seulement, d'autres pour plusieurs milliers. Martin suivait les enchères avec curiosité. Il fallait l'œil averti du commissaire-priseur pour repérer les acheteurs. Les uns levaient la main, un sourcil, leur stylo, d'autres hochaient la tête. Un signe imperceptible suffisait parfois. Dès que le marteau retombait, les têtes s'inclinaient sur les catalogues et les stylos s'animaient pour gribouiller le prix sur un coin de page. Tout ce cérémonial avait quelque chose d'excitant.

Puis le commissaire-priseur appela le lot 1108 et on apporta le journal du Moine. La tension monta d'un cran. Des visages se crispèrent, des regards lourds s'échangèrent entre les clients potentiels.

« Lot 1108, annonça le commissaire-priseur d'une voix volontairement inexpressive amplifiée par le micro. Le journal intime du Moine Fou de Cordoue, manuscrit daté de 1554. Cent soixante-treize pages. Couverture en cuir décorée d'un motif gravé à l'or représentant un scorpion... Commençons les enchères à vingt mille livres... »

Martin épia attentivement le public pendant que les enchères montaient. Trente mille... quarante mille... Impossible de repérer d'où provenaient les ordres. Il abandonna et concentra son attention sur David Goodge. L'antiquaire était assis au bord de l'allée centrale, jambes croisées, une main sur son genou. Il était aussi immobile qu'une statue, à l'exception de son petit doigt dont le mouvement, pourtant infime, n'échappait pas au commissaire-priseur.

« Quatre-vingt-dix mille », annonça ce dernier.

Et, subitement, Martin eut envie que l'antiquaire obtînt le journal. La fièvre de la vente l'avait gagné à son tour. Un frisson lui parcourait l'échine à chaque nouvelle enchère. On en était déjà à cent cinquante mille livres. Qui pouvait disposer d'une somme si astronomique ? L'émir arabe du premier rang ? La femme assise juste derrière Goodge ? Le commissaire-priseur tourna la tête vers la gauche.

« Deux cent cinquante mille livres, annonça-t-il dans un silence de mort. Qui dit mieux ? »

Martin scruta la foule anxieusement. Il n'avait pu déceler le moindre signe chez Goodge. Le prix était-il trop élevé pour l'antiquaire ?

« Une fois... Deux fois... Adjugé, clama le commissaire-priseur. Vendu à M. Goodge pour la somme de deux cent cinquante mille livres. »

Des applaudissements éclatèrent spontanément.

L'heureux acheteur se renversa sur son dossier, un sourire soulagé aux lèvres.

« Deux cent cinquante mille livres, marmonna Richard. C'est un sacré prix pour un livre qu'on a l'intention de détruire. »

Richard et Martin attendirent la fin de la vente à l'extérieur de la salle. La foule ne tarda pas à se disperser et David Goodge apparut à son tour, serrant une mallette contre lui.

« Monsieur Goodge ? le héla Richard en lui barrant le passage.

— Excusez-moi, je suis un peu pressé...

— S'il vous plaît, monsieur, le livre...

— Non. Il ne vous concerne absolument pas.

— Il nous concerne de très près, au contraire, intervint vivement Martin. Les Anciens... »

Ce mot provoqua un effet terrible sur le petit homme. Il recula d'un pas, les yeux agrandis de stupeur, comme si on venait de lui annoncer la nouvelle de sa propre mort.

« Que savez-vous d'eux ? demanda-t-il d'une voix altérée.

— Ce sont des créatures diaboliques, répondit Martin. Ils régissaient le monde au commencement des temps. Puis ils en ont été chassés, et refoulés derrière une porte mythique érigée pour se protéger d'eux. Cette porte s'appelait la Porte du Diable, et se trouvait dans le Yorkshire. Les Anciens voulaient briser cette porte pour revenir dans le monde et reprendre le pouvoir.

— Comment connaissez-vous tout cela ? s'étonna l'antiquaire.

— Parce que je les ai combattus, répondit Martin.

Je croyais avoir gagné pourtant, mais apparemment, ils ont réussi à revenir. Ils ont cherché à me tuer. À Forest Hill...

— Voilà pourquoi j'avais l'impression de connaître votre visage, l'interrompit David Goodge. Votre photo est parue dans les journaux. Vous êtes le garçon qui...

— Oui. »

L'antiquaire se passa une main tremblante sur le front.

« Nous sommes très peu à savoir, murmura-t-il. La Porte du Diable... Ce que vous ignorez, c'est qu'il existait une seconde porte en Amérique du Sud.

— Une seconde porte ? s'exclama Richard.

— Au Pérou exactement, acquiesça l'antiquaire d'une voix pressante. L'un des compagnons de Pizarro et des conquistadors la découvrit au cours de ses pérégrinations à travers le pays. C'est ce qui lui a fait perdre la raison. Non seulement il avait trouvé la porte, mais aussi le moyen de l'ouvrir. La révélation lui est venue comme une vision et c'est ce qu'il a retranscrit dans son journal. À présent, vous comprenez pourquoi je devais l'acheter. Il faut absolument détruire le secret du moine, quitte à brûler le livre en entier.

— Je dois examiner ce journal, déclara Martin.

— Laissez-nous y jeter un coup d'œil », insista Richard.

L'antiquaire lança autour de lui des regards inquiets. L'hôtel des ventes s'était vidé mais quelques personnes s'attardaient encore dans les couloirs.

« Pas ici, refusa David Goodge. Venez à mon

magasin à huit heures ce soir. Tenez, voici ma carte.

— Pourquoi si tard ? s'étonna Martin.

— Pour que je puisse vérifier que vous êtes bien qui je crois.

— Et qui croyez-vous que je sois ?

— D'après la prophétie... Vous devriez être l'un des Cinq...

— Monsieur Goodge ? » appela alors une voix derrière eux.

Tous trois sursautèrent.

Il émanait quelque chose de particulièrement horrible de l'homme qui leur faisait face, quelque chose de presque inhumain. Grand, athlétique, des cheveux blonds bouclés, il portait une veste bleu marine sur un pantalon blanc légèrement froissé. Le malaise venait de son visage. La peau semblait avoir été tirée si fort qu'elle déformait les yeux et figeait la bouche. Par endroits, on voyait des taches de couperose, là où le soleil avait tenté d'apporter un léger hâle. Les yeux étaient d'un vert délavé et totalement dépourvus de sourcils.

« Monsieur Goodge ? répéta l'inconnu.

— Oui, c'est moi, admit l'antiquaire en se rapprochant instinctivement de Richard pour chercher protection.

— Désolé d'interrompre votre conversation. Mon nom est Tod, se présenta l'homme avec un fort accent germanique. J'ai cru comprendre que vous aviez acheté le journal.

— Et alors ?

— Pourriez-vous m'accorder quelques minutes d'entretien... en privé ?

— À quel propos ? »

L'Allemand toisa Richard et Martin d'un regard glacial comme s'il cherchait à les congédier, puis revint à l'antiquaire.

« J'ai parcouru un long voyage pour arriver jusqu'ici. Plusieurs milliers de kilomètres. Je venais dans la ferme intention d'acquérir ce livre rare. Sans la grève qui m'a immobilisé un temps à l'aéroport de Paris, pendant mon transit, je serais arrivé ce matin. Quoi qu'il en soit, je suis prêt à vous racheter le journal.

— Il n'est pas à vendre, je suis désolé, répondit Goodge.

— Vous m'avez mal compris, insista l'homme en esquissant un rictus qui se voulait un sourire. Je vous offre le double de ce qu'il vous a coûté.

— Désolé, monsieur Tod, s'entêta l'antiquaire. Je regrette que vous ayez fait ce long voyage pour rien. Je garde le journal. »

M. Tod avança d'un pas. Martin frissonna. Un éclat cruel luisait dans les yeux de cet homme.

« Je vous conseille de réfléchir encore, monsieur Goodge.

— Est-ce une menace ?

— Je ne menace personne. Cependant...

— Écoutez, monsieur Tod, s'interposa Richard. De toute évidence M. Goodge ne souhaite pas revendre son acquisition. Pourquoi ne pas rentrer tranquillement chez vous...

— Très bien, je n'insiste pas pour l'instant, coupa Tod. Mais vous entendrez bientôt parlez de moi. N'oubliez surtout pas mon nom, monsieur Goodge. »

Et, sur ces mots, il disparut.

Quelques minutes plus tard, l'antiquaire partait à son tour. Au moment de monter en taxi, il se retourna vers Richard et Martin.

« Retrouvez-moi ce soir dans mon magasin. Et n'amenez personne d'autre ! Vous voyez... j'avais raison. Le journal doit être détruit. »

Une fois seuls, Richard et Martin se mirent en quête d'un café.

« Ce Tod est un vilain personnage, remarqua Martin en marchant.

— Horrible... Tod... Tod...

— Tu connais ce nom ?

— Non. Mais cet accent germanique..., murmura pensivement Richard.

— Et alors ?

— J'ai appris l'allemand, au lycée. Il m'en reste quelques souvenirs. *Der Tod*, par exemple.

— Qu'est-ce que cela signifie ?

— Ce n'est peut-être qu'un hasard, mais il se trouve que cela veut dire la mort, en allemand. »

4

MEURTRE À CHELSEA

Il faisait nuit lorsque Richard et Martin arrivèrent à Chelsea*. Le magasin d'antiquités de Goodge se trouvait dans une impasse paisible, derrière King's Road, non loin de la Tamise. C'était un magasin d'antiquités dans tous les sens du terme. En effet, la maison elle-même avait plus de trois cents ans, des murs couverts de lierre, une porte cochère avec un lourd marteau de bronze, et des fenêtres à croisillons. La vitrine de la boutique regorgeait d'objets hétéroclites provenant de diverses régions d'Amérique du Sud. D'étranges statues de bois émergeaient derrière des cartes géographiques colorées et des parchemins. Une rangée de vases peints à la main jouxtait une poterie en forme de

* Chelsea est, à Londres, le quartier des artistes et des antiquaires.

serpent. Il y avait aussi des colliers, des bracelets, des broches, des poignards, des outils. Une pancarte « FERMÉ » était accrochée devant la porte. Aucune lumière n'éclairait la boutique.

Richard tira la chaînette qui pendait près de l'entrée et recula d'un pas, tandis qu'une cloche tintait à l'intérieur. Pas de réponse. Il patienta quelques secondes et sonna à nouveau. Toujours pas de réponse.

« Ça ne me plaît pas, grommela Martin.

— Calme-toi. Il travaille probablement dans l'arrière-boutique. »

Richard sonna une dernière fois, vérifia si la porte était verrouillée, puis entraîna Martin dans l'étroit passage qui s'enfonçait le long de la maison jusqu'à une porte de service. Richard frappa quelques coups, puis s'agenouilla pour jeter un coup d'œil par la large fente de la boîte à lettres.

« Je ne vois personne, conclut-il. Mais c'est un verrou simple. Tu as le bras plus mince, glisse-le par la fente et essaie d'atteindre la serrure.

— Tu crois vraiment qu'il le faut ?

— Non, frissonna Richard. Mais je suis curieux de nature. »

Martin roula sa manche et glissa son avant-bras dans la fente de la boîte à lettres.

« Je n'y arrive pas, souffla-t-il.

— Pousse plus fort. »

Martin engagea son bras le plus loin qu'il put et, en tordant son poignet, parvint à atteindre le verrou du bout des doigts. La porte s'ouvrit. L'entrée de service donnait dans une petite cuisine. Richard tourna l'interrupteur. Une ampoule nue jeta une lumière crue sur la pièce succinctement équipée d'un réfrigérateur et d'un réchaud à gaz.

« Monsieur Goodge ? » appela Richard.

À part le tic-tac d'une horloge, tout était silencieux. Ils avancèrent à pas de loup vers une seconde porte qui menait dans le magasin. La boutique était plus spacieuse qu'ils ne l'avaient cru de l'extérieur. À l'image de la devanture, elle était encombrée de toute sorte d'objets exotiques : statues d'idoles primitives, totems, poteries, vêtements tissés, armes blanches. Une pendule à la lourde ornementation était adossée contre un mur, cernée de tous côtés par des étagères ployant sous des rangées de livres anciens. Il régnait dans le magasin un tel bric-à-brac qu'on se demandait comment l'antiquaire s'y retrouvait.

« Courage », murmura Richard.

Ils s'aventurèrent un peu plus loin. Près de la porte d'entrée, se dressait une gargouille en bois géante qui semblait suivre leurs mouvements de ses gros yeux globuleux. Le tic-tac de l'horloge résonnait dans l'obscurité comme un battement de cœur métallique. Une odeur de moisi imprégnait l'air.

« Que cherchons-nous ? souffla Martin.

— J'aimerais bien le savoir », répondit Richard.

Une épaisse tenture murale en velours dissimulait à moitié une autre porte qui conduisait probablement au bureau. Un rai de lumière filtrait par l'embrasure. Sur la pointe des pieds, comme s'ils redoutaient ce qu'ils allaient découvrir, ils écartèrent doucement le rideau.

Il s'agissait bien d'un bureau, meublé d'un large secrétaire en acajou, d'une armoire et de deux classeurs. Un tableau représentant un temple mexicain avait été décroché du mur, révélant l'emplacement d'un petit coffre-fort dont la porte était ouverte. Une lampe articulée posée sur une table jetait de longues ombres sur le tapis.

David Goodge était effondré en travers de son bureau, une main en l'air. Il était mort. Son corps était immobile, ses doigts rigides. Richard jura à voix basse et se pencha au-dessus de l'antiquaire.

« On l'a étranglé », conclut-il en se redressant.

Martin déglutit péniblement.

« Et le journal du moine ?

— Le coffre est vide. »

Richard se tenait près du bureau, Martin devant la porte. L'armoire craqua. Tout deux sursautèrent. Puis, tout à coup, l'armoire s'ouvrit et un homme en jaillit, un couteau à la main. Il saisit son arme par la lame, la lança droit sur Richard et pivota vers la sortie. Mais il n'avait pas vu Martin, qui l'agrippa instinctivement par le bras. Serrant le livre contre lui, l'homme leva sa main libre et le frappa à la pointe du menton. Martin tenta de se raccrocher à la veste de son agresseur qui se dégagea violemment et l'envoya rouler par terre avant de s'enfuir.

Étourdi, Martin se redressa lentement et leva les yeux vers Richard. Un cri d'horreur lui échappa : son ami était appuyé contre le mur, le manche du poignard dépassant de sa gorge.

« Richard ! »

Comme s'il n'avait attendu que ce moment, le journaliste avança d'un pas, laissant le couteau planté dans le mur. La lame avait manqué son cou d'un centimètre et Martin avait été abusé par un effet d'optique.

« Comment te sens-tu ? s'inquiéta Richard.

— Je survivrai, répondit Martin en tâtant son menton du bout des doigts.

— Tu as vu qui c'était ?

— Je n'ai pas eu le temps, il...

— L'Allemand de la salle des ventes, cria Richard en jetant un coup d'œil mauvais au poignard fiché dans le mur. Filons d'ici en vitesse.

— Attends une minute », l'arrêta Martin en se baissant pour ramasser ce qu'il avait vu tomber de la poche de son agresseur pendant leur brève empoignade.

Il s'agissait d'un stylo à bille ordinaire en plastique, semblable à ceux que certaines entreprises offrent à leurs clients. Celui-ci ne portait pas le nom d'une banque mais deux initiales inscrites en rouge, et un nom en noir :

TC (Lima)

« Lima..., murmura Martin en tendant le stylo à Richard.

— La capitale du Pérou. Rentrons à la maison. »

*

* *

Dans le train, Martin resta songeur pendant tout le trajet de retour jusqu'à York. Un bel hématome ornait son menton, mais sans gravité. Richard sirotait une bière en boîte et mordait allègrement dans un sandwich au fromage rassis vendu par la compagnie

des chemins de fer britanniques. Le stylo publicitaire reposait entre eux sur la tablette.

« Je veux aller au Pérou », décréta soudain Martin.

Richard se figea, la boîte de bière devant sa bouche.

« J'avais le mauvais pressentiment que tu me dirais cela.

— Il le faut, Richard.

— Et avec quel argent comptes-tu régler les billets d'avion ?

— Tu as des économies, non ?

— Merci ! Je te rappelle que j'ai également une hypothèque sur mon appartement. Sois sincère, Martin. Est-ce que cette affaire nous concerne ? Devons-nous réellement y être mêlés ? »

Avec un grondement assourdissant, le train s'engouffra dans le tunnel. Lorsqu'il en émergea, Martin était penché en avant, le stylo entre les mains.

« Tu as entendu M. Goodge, Richard. Il existe une seconde porte au Pérou, et elle risque d'être ouverte. Il le savait, et ce M. Tod le sait aussi. Voilà pourquoi il a volé le journal intime du moine. Je parie qu'il est déjà en route pour Lima.

— Ça ne veut pas dire que...

— Richard, je dois y aller, l'interrompit Martin. Pourtant je préférerais m'en passer, crois-moi. J'aimerais mieux rester ici et vivre comme tous les garçons de mon âge, mais je ne peux pas ignorer ce qui se passe... Mon pouvoir, Richard. L'accident de Forest Hill s'est produit à cause de moi. Les Anciens ont cherché à m'éliminer car ils craignent que j'intervienne. Ils se moquaient complètement de tuer des centaines d'autres personnes s'ils réussissaient à me supprimer. Ce n'était pas un accident, j'en suis certain. Je les ai vaincus une fois et ils redoutent que je recommence. Donc, je dois me rendre au Pérou. Tu n'es pas obligé de m'accompagner, Richard, mais... eh bien... pourrais-tu me prêter l'argent du voyage ? »

Richard écrasa la boîte de bière dans sa main sans s'en rendre compte et le liquide ambré dégoulina sur la tablette.

« D'accord, d'accord, grommela-t-il en secouant sa main. Supposons que nous allions au Pérou, que ferons-nous une fois sur place ?

— Nous chercherons la porte.

— Comment ? Nous ignorons à quoi elle ressemble.

— Peut-être un cercle de pierres monolithiques, comme l'autre, un temple, ou quelque chose de ce genre. Nous verrons.

— Il y a un autre problème, remarqua le journaliste. Nous savons que la porte doit s'ouvrir bientôt, mais nous ignorons quand. Suppose que cela se produise demain ? Suppose que nous arrivions trop tard ?

— Nous devons courir le risque », répondit Martin.

Il y eut un long silence. Le train traversa une gare sans s'arrêter. Des flashs de lumière balayèrent les vitres.

« D'accord, dit enfin Richard. Si tu veux partir pour le Pérou, pars. Mais ne te fais pas d'illusions, mon garçon ! Si tu espérais y aller seul, c'est raté. Même s'il t'arrive fréquemment de l'oublier, tu n'as que treize ans. Et laisse-moi te rappeler que le Pérou se trouve dans l'autre hémisphère. Quelqu'un doit veiller sur toi et, bien entendu, je suis le seul assez fou pour me porter volontaire. Donc, si tu pars, je pars. D'accord ?

— D'accord », sourit Martin.

Richard haussa les épaules d'un geste fataliste.

« Après tout, j'envisageais de prendre des vacances ! »

5

VOL VA 920

« C'est le commandant de bord qui vous parle, annonça une voix dans les haut-parleurs. Nous volons à une altitude de croisière de trente-cinq mille pieds. Nous effectuerons de courtes escales à Paris, Madrid, Caracas et Bogota, avant d'atteindre notre destination : Lima. La météo prévoit quelques perturbations au-dessus de l'Amérique du Sud, mais rien de sérieux. L'équipage et moi-même vous souhaitons un excellent voyage à notre bord. »

Richard passait un moment douloureux, au contraire. Assis près d'une issue de secours, la main gauche crispée sur son genou, la droite sur trois médailles de saint Christophe, il avait le front en sueur et le teint verdâtre.

« J'ignorais que tu avais peur de voyager en avion, remarqua Martin.

— Je n'ai pas peur de voyager en avion, j'ai peur des avions, rectifia Richard.

— Quelle différence ?

— Je transpire de frousse à la seule vue d'un avion, même s'il est au sol, et je commence à être malade dans la boutique hors-taxes. »

Richard n'était pas au bout de ses peines. Le DC 10 avait décollé à dix-neuf heures trente de l'aéroport de Heathrow pour un voyage de vingt heures, avec un changement d'avion à Caracas au Venezuela.

Un petit carillon tinta et le signal lumineux d'interdiction de fumer s'éteignit. Richard soupira de soulagement et chercha fébrilement ses cigarettes hors-taxes. Quand, quelques minutes plus tard, une hôtesse apparut en poussant un chariot de boisson, il reprit des couleurs. Une heure après, avec deux whiskies dans l'estomac et un troisième en face de lui, il avait recouvré toutes ses facultés.

« Mes cours d'espagnol remontent à bien longtemps, remarqua-t-il en ouvrant un livre de méthode Assimil qu'il avait acheté d'occasion à York. Mais c'est la seule langue qu'ils comprennent, au Pérou. Heureusement, j'ai un accent parfait. Écoute un peu... *Una cabra se co... comiiio mi... pasaporte...* Qu'en dis-tu ? »

Martin ne voulut pas le contrarier.

« Ça m'a l'air impeccable. Quelle est la traduction ?

— Heu... Une chèvre a mangé mon passeport, grimaça Richard. On ne sait jamais, ça peut servir. »

Il délaissa sa méthode Assimil pour se plonger dans le guide du Pérou, lui aussi acheté d'occasion chez le même bouquiniste.

« Que ferons-nous en arrivant à Lima ? questionna Martin.

— Je suppose que nous devrons commencer par réserver une chambre dans un hôtel et repérer les lieux. Ensuite nous chercherons ce que signifie TC.

— Il s'agit probablement d'un bureau, ou d'une société, suggéra Martin.

— En tout cas, c'est une piste minuscule. Espérons qu'elle nous mènera quelque part, et vite.

— Si seulement nous avions pu jeter un coup d'œil au journal du moine !

— Si seulement nous n'en avions jamais entendu parler ! » soupira le journaliste en se renversant sur son siège.

*

* *

L'homme aux cheveux argentés referma le livre et leva les yeux vers son interlocuteur.

« Vous avez bien travaillé, monsieur Tod, le complimenta-t-il en espagnol, d'une voix faible et haut perchée. Il est regrettable que vous n'ayez pu acquérir l'ouvrage par des voies plus légales, mais l'essentiel est qu'il soit entre nos mains. Vous n'avez rencontré aucun problème avec la police anglaise ?

— Aucun, j'avais franchi les frontières avant qu'on découvre le corps de l'antiquaire.

— Parfait. »

Les deux hommes se trouvaient dans un vaste et

luxueux bureau, au neuvième étage d'un immeuble de Lima. Il était quinze heures trente. L'homme assis en face de M. Tod portait un costume blanc immaculé, des chaussures noires, vernies, et des lunettes teintées à monture d'argent. Il avait la peau mate, des yeux gris. C'était un homme extraordinairement petit : il mesurait à peine un mètre cinquante. Tout ce qui l'entourait avait été conçu à son échelle. Les sièges étaient un peu trop bas pour le confort d'un individu de taille normale, les pieds des tables étaient sciés de quelques centimètres et M. Tod avait dû s'incliner pour franchir la porte surbaissée.

L'Allemand tournait son verre entre ses doigts.

« Il y a pourtant une chose... commença-t-il.

— Oui ?

— J'ai rencontré un petit problème... »

Son interlocuteur frappa son bureau d'un coup de poing rageur.

« J'ai horreur du mot "petit" ! rugit-il. Je vous interdis de l'utiliser en ma présence !

— Oh... je suis désolé, s'excusa M. Tod avec un rictus. Je disais donc que j'avais rencontré un... léger problème à Londres. Rien de sérieux, mais...

— Expliquez-moi tout.

— Deux autres personnes ont rendu visite à l'antiquaire. Un homme et un adolescent. Ils m'ont surpris alors que je venais d'éliminer Goodge. Je crois qu'ils recherchaient le journal. Je les avais croisés le jour même dans la salle des ventes.

— Curieux, marmonna l'homme aux cheveux argentés en joignant les mains.

— Plus que vous ne le pensez, poursuivit M. Tod.

Le garçon s'appelle Martin Hopkins, l'homme est un journaliste du nom de Richard Cole. Comme par hasard, Martin Hopkins a fait la une des journaux trois jours avant mon arrivée en Angleterre. Tenez, je vous ai rapporté une coupure de presse. »

Le Péruvien ouvrit l'enveloppe et parcourut l'article.

L'ÉCOLIER LIT-IL L'AVENIR ?

Cela pourrait être l'une des plus importantes manifestations de voyance, prémonition ou don de double vue jamais enregistrées. À l'inverse de la plupart des autres cas, il y avait des dizaines de témoins. Personne ne peut nier qu'une terrible catastrophe a été évitée de justesse.

Néanmoins, comme toujours en présence de phénomènes paranormaux, les faits sont sujets à controverse. Le jeune Martin Hopkins, âgé de treize ans, possède-t-il réellement quelque étrange pouvoir qui lui a permis de sauver les enseignants et huit cents élèves du lycée de Forest Hill, dans le Yorkshire ? Ou bien existe-t-il une explication plus rationnelle ?

Suivait la relation détaillée des événements, et la photographie de Martin prise devant le lycée. Le visage du Péruvien devint livide. Ses doigts se crispèrent sur le papier.

« Ce garçon..., murmura-t-il. Et le journaliste.

— Ils ont quitté Londres pour Lima il y a quelques heures, l'informa M. Tod. Deux de mes hommes étaient chargés de contrôler les vols en partance d'Heathrow. Par simple précaution. »

Le Péruvien hocha la tête, satisfait.

« Bon travail, monsieur Tod. La prévoyance a toujours été l'une de vos principales qualités.

— Désirez-vous que je les élimine ?

— Non. J'ignore ce qu'ils savent. Les tuer tout de suite risquerait trop d'attirer l'attention. Voyons... Ils doivent changer d'avion à Caracas, n'est-ce pas ?

— C'est exact. Quelle est votre idée ?

— Pouvons-nous placer un de nos hommes à bord, entre Caracas et Lima ?

— Rien de plus facile.

— Parfait, sourit le Péruvien en se levant pour aller jusqu'à la fenêtre (inhabituellement basse). Il est absolument indispensable que le garçon ne mette pas les pieds en ville. S'il est ce que je le soupçonne d'être, il va tout gâcher. Mais, j'ai une idée. Quand nous en aurons terminé avec lui, il n'aura plus le pouvoir de nous arrêter. Un autre whisky, monsieur Tod ? » ajouta le Péruvien en gloussant de rire.

L'Allemand leva son verre.

« Juste un pe... Non, non, merci », se ravisa-t-il en rougissant.

*

* *

L'avion cahotait au-dessus d'une mer de nuages. Malgré l'heure matinale, le ciel était noir. Un éclair se refléta dans la masse argentée de l'appareil. La pluie torrentielle formait un rideau devant les hublots. À l'intérieur, on avait éteint les lumières. Une lueur douce et jaune éclairait les rangs des passagers, prisonniers de la carcasse métallique. Personne ne parlait, mais les visages étaient expressifs. À chaque bourrasque de vent qui bousculait l'avion, à chaque hoquet de moteur, à chaque trou d'air qui aspirait l'appareil comme dans un gouffre, on voyait des yeux se révulser ou se fermer, des mains se joindre pour une muette prière.

Martin, pour sa part, affrontait une tempête d'une tout autre nature. Peu après l'escale à Caracas et le changement d'avion, il avait sombré dans un profond sommeil et retrouvé le cauchemar qu'il connaissait trop bien.

Il se tenait debout sur un piton rocheux cerné par un océan noir et déchaîné. Au-dessus de sa tête, les nuages traversaient un ciel menaçant. Le vent hurlait autour de lui, des embruns d'eau salée lui fouettaient le visage. À faible distance, sur une plage jonchée de débris, quatre garçons regardaient fixement dans sa direction, l'implorant de venir les rejoindre. Mais il était prisonnier de son piton rocheux.

Puis, miraculeusement, l'un des adolescents apparaissait à son côté. Il observait ce garçon de son âge qui posait une main sur son épaule et l'appelait par son prénom. Ensuite, il découvrait un chemin descendant du piton, une sorte d'escalier conduisant à la plage.

Il fit un pas en avant. Le tonnerre explosa. Martin leva les yeux et hurla. Un scorpion venait de surgir. Un énorme scorpion doré, courant à travers les nuages sur ses huit pattes trapues. Une fois au-dessus de lui, l'insecte s'arrêta et sa queue venimeuse jaillit.

Alors la surface de l'océan se brisa comme un miroir. Une lumière aveuglante s'échappa de la brisure. Martin chercha le garçon qui se trouvait là un instant plus tôt, mais il avait disparu.

La queue du scorpion le frappa. Il roula en arrière. Le rocher s'effondra et le monde bascula. Il plongeait, la tête la première, dans la nuit sans fin...

L'avion eut un soubresaut en atterrissant à Lima.

« Réveille-toi, Martin, dit Richard. Nous sommes arrivés. »

6

LIMA

Martin détacha sa ceinture de sécurité en clignant des yeux alors que les autres passagers étaient déjà debout. Sa bouche était sèche et ses vêtements fripés. Le voyage avait duré vingt et une heures. En comptant les cinq heures de décalage horaire, il était exactement midi et demi à Lima.

« Allons, debout, le bouscula Richard en lui tendant son sac pour chercher le sien dans le casier au-dessus de leurs sièges. Tu as une mine épouvantable.

— J'ai fait un cauchemar, expliqua Martin.

— Moi aussi. J'étais dans l'avion VA 920 pour Lima ! Heureusement c'est fini. Sortons d'ici au plus vite. »

L'homme qui avait embarqué à Caracas agit alors avec une vitesse extraordinaire. Il frôla Richard, trébucha, et s'écroula sur le bagage du journaliste. Sa main plongea dans le sac l'espace de deux secondes. Ensuite il s'excusa auprès de Richard qui l'aidait à se relever. Celui-ci ne sentit pas la main de l'homme se faufiler dans sa poche. Il s'étonna seulement de trouver son sac entrouvert mais n'y attacha pas d'importance. Après une dernière excuse marmonnée dans un espagnol haché, l'homme poursuivit son chemin dans l'allée et quitta l'avion.

Richard et Martin atteignirent la sortie une minute plus tard. Aussitôt, une bouffée de chaleur les saisit. L'air était lourd et collant bien qu'il n'y eût aucun nuage dans le ciel. Le DC 10 s'était immobilisé le long d'un immeuble étroit terminé par une grande tour. Tous les bâtiments de l'aéroport étaient peints d'un blanc éclatant que la réverbération du soleil rendait douloureux à regarder.

Les deux amis descendirent la passerelle et suivirent les autres passagers à travers la piste de ciment jusqu'à l'entrée de la douane et du contrôle des passeports. Arrivés devant la porte, Martin tâta sa poche.

« Zut ! grimaça-t-il. Mon passeport... Il a dû tomber pendant que je dormais.

— Retourne vite le chercher dans l'avion, lui conseilla Richard. Je t'attends ici.

— Inutile de perdre du temps. Garde ta place dans la file, je te rejoindrai. »

Martin rebroussa chemin en courant. Même sur une si courte distance, l'effort le fit abondamment transpirer, tant la chaleur était suffocante. Il se faufila entre les derniers passagers qui quittaient l'avion et expliqua à l'hôtesse ce qu'il était revenu chercher. Le passeport n'était ni sous son siège, ni derrière le coussin. L'hôtesse le toisait d'un regard noir. Martin sentit la panique le gagner. Il se mit à plat ventre, glissa la main dans la fente du dossier. Rien. En désespoir de cause, il ouvrit le casier à bagages. Le passeport était là, bien en vue.

Au moment où il quittait l'avion pour la seconde fois, soulagé et souriant, des coups de sifflet retentirent et quatre soldats armés traversèrent la piste en courant pour se précipiter dans le hall des arrivées. Il semblait régner une vive animation dans la salle de contrôle des passeports. Même à cette distance, des éclats de voix lui parvenaient et il apercevait des silhouettes en uniforme et en civil s'agiter derrière les vitres. Impatient de rejoindre Richard, Martin s'élança en courant, son sac à la main.

Bien que la vie lui eût réservé des expériences difficiles, la scène qui l'attendait fut, à bien des égards, la pire de toutes.

À l'extrémité d'un large couloir, Richard était plaqué le dos au mur, une arme pointée sur la poitrine, encadré par deux soldats et face à deux fonctionnaires de police en manches de chemise qui criaient en même temps. Le sac du journaliste était renversé devant lui sur une table. L'un des soldats tenait à la main quatre sachets en plastique et Martin vit un policier en retirer deux autres de la poche de Richard. Les sachets étaient transparents et remplis d'une poudre blanche ressemblant à du sel.

Des soldats agressifs ordonnèrent aux autres passagers d'avancer. Martin se trouva pris dans le flot et les bribes de conversation qui lui parvinrent lui firent l'effet d'un nouveau cauchemar.

« C'est un Anglais. Il a dû perdre la tête...

— Le trafic de cocaïne, c'est la peine de mort assurée...

— Quelqu'un a dû le dénoncer...

— Je n'aimerais pas être à sa place... »

La foule de passagers s'écoula le long du couloir, puis au-delà d'une autre porte. Martin se débattit pour rebrousser chemin et rejoindre son ami. Il renonça à crier car sa voix n'aurait pu dominer le vacarme. Il aperçut Richard qui cherchait à s'expliquer en espagnol, et un policier lui passer les menottes. Puis, tout à coup, leurs regards se croisèrent. Richard vit Martin. Martin ouvrit la bouche pour l'appeler. Mais les yeux de Richard s'agrandirent et il secoua la tête. Martin hésita. Richard secoua la tête une seconde fois pour lui intimer de se taire. L'instant suivant, il avait disparu au milieu des gardes, et Martin fut entraîné par le flot des passagers.

Cette courte scène avait eu pour témoin un employé qui lavait le sol du hall des arrivées. Lorsque Martin passa près de lui, l'homme frissonna. Puis il abandonna sa serpillière pour se précipiter dans une pièce de service. Là il trouva un téléphone et composa un numéro d'une main tremblante.

« Huascar ? demanda-t-il dans une langue qui n'était ni l'anglais ni l'espagnol. Il est avec un ami, mais il s'est produit un incident... Je suis certain que c'est lui. J'ai senti son pouvoir. Ce garçon est Martin Hopkins. Il est à Lima et, à présent, il est seul. »

*

* *

Martin ne s'était jamais senti aussi seul. Immobile devant l'aéroport, il essayait de récapituler ce qui venait de se passer. De toute évidence quelqu'un était au courant de leur arrivée et leur avait tendu un piège. Seul le contretemps dû à la perte de son passeport l'avait sauvé. Mais qui avait organisé cette machination ? Par chance, Martin n'était pas totalement démuni. Son sac contenait quelques vêtements de rechange, son appareil photo et un guide du pays. Il possédait également un peu d'argent : cinquante livres que Richard lui avait remises avant de partir, par précaution. Mais où le mèneraient cinquante livres ? De toute façon il devrait s'en contenter jusqu'à ce que Richard soit relâché.

Martin savait qu'il ne gagnerait rien à rester aux abords de l'aéroport. Il avait repéré un bureau de change et le guichet des autobus qui reliaient l'aéroport à la ville. Il revint sur ses pas. Par chance, l'employé du bureau de change parlait anglais. Il lui remit une pleine poignée de billets froissés contre un seul billet de dix livres. Martin éprouva une délicieuse mais trompeuse sensation d'opulence, d'autant que le ticket de bus pour Lima coûtait mille sols péruviens, ce qui semblait beaucoup mais qui était dérisoire.

Après dix minutes d'attente, le bus arriva. C'était un vieil engin rouillé et gémissant ; une demi-douzaine seulement de passagers l'avaient préféré aux taxis. Les courageux se dispersèrent sur les sièges en plastique après avoir empilé leurs bagages à côté du conducteur. Curieusement, personne ne s'étonna de voir un jeune garçon voyager seul et, lorsque le bus s'ébranla vers la sortie de l'aéroport, Martin reprit un peu espoir. Finalement, les prochains jours se révéleraient peut-être moins difficiles qu'il le craignait.

Tout à coup, la ville apparut. La route était bordée de terrains vagues poussiéreux et jonchés de détritus. D'immense panneaux publicitaires vantant Seven Up ou Coca Cola se dressaient des deux côtés pour cacher la désolation. De temps à autre le bus dépassait des hameaux de bicoques, faites de terre et de tôle ondulée. Des enfants vêtus de haillons jouaient dans la poussière. Des chiens, si maigres qu'ils ressemblaient à des araignées à quatre pattes, haletaient en plein soleil. Au loin, une chaîne de montagnes aux contours gris et indistincts émergeait de la brume.

Aux abords de la ville, des dizaines de bus et de taxis surgirent de toutes parts dans un grondement assourdissant pour former un phénoménal embouteillage. Les bus, pleins à craquer, étaient si bariolés qu'ils avaient l'apparence de caravanes de cirque délabrées. Dans la ville, tout semblait dater d'au moins trente ans. Même les usines nouvelles et les gratte-ciel paraissaient déjà décrépis.

En vingt minutes de trajet, le ciel devint plus sombre et plus pesant, ce qui rendit la chaleur plus oppressante encore. Le bus tourna sur une large place entourée d'arcades ombragées, et ornée en son centre de la statue d'un homme à cheval. Le conducteur cria quelques mots en espagnol. Manifestement, le voyage s'arrêtait là.

Lorsqu'il posa le pied sur le trottoir et que les portes du bus se refermèrent derrière lui avec un grincement, Martin prit soudain conscience de l'inconfort de sa situation. Depuis l'atterrissage de l'avion, il s'était laissé porter par les événements. À présent, il était seul au milieu de l'immense place, cerné par un flot de piétons et de voitures. Tout n'était que bruit et confusion. Au-dessus des toits, le soleil s'était évanoui dans la brume grise. Martin n'avait plus aucun point de repère. Un terrible sentiment de solitude et de peur l'envahit. Que faire ? Où aller ?

Il frissonna et reprit ses esprits. D'abord, trouver un hôtel. Il y en avait bien un sur la place, le *Bolivar*, mais l'élégante façade et l'uniforme stylé du portier indiquaient clairement que ses cinquante livres ne suffiraient même pas à régler une nuit. Heureusement, son guide touristique contenait un chapitre réservé aux hôtels, classés par catégories. Martin en choisit un sans aucune étoile, repéra son emplacement sur le plan, ramassa son sac et partit d'un pas décidé.

À en croire le guide, la place s'appelait la plaza San Martin. Il la traversa et s'engagea dans une avenue animée, bordée de magasins modernes et de cinémas. Là, tout semblait lumineux et gai. Puis les rues devenaient plus étroites et plus tranquilles, les boutiques cédaient la place à des appartements et des bureaux, avec des volets clos et des murs nus et décrépis. Pire, les noms des rues différaient de ceux indiqués par le plan périmé de Richard. Martin marcha pendant dix minutes avant de s'apercevoir qu'il était perdu.

Fatigué, en sueur, déprimé, il s'apprêtait à revenir sur ses pas lorsqu'il aperçut deux jeunes gens adossés contre un mur, une cigarette au coin des lèvres. Traînant son sac à bout de bras, il avança vers eux.

« Excusez-moi. Vous parlez anglais ? »

L'un des jeunes gens ôta sa cigarette de ses dents jaunies par la nicotine pour lui répondre :

« Un peu.

— Connaissez-vous l'*hôtel Espinar*, dans la rue de l'Union ? »

Le jeune homme jeta un coup d'œil alentour puis sourit à son compagnon.

« Oui, je connais cet hôtel. Mais il est loin d'ici. Nous allons te montrer le chemin. »

Martin les suivit docilement, dans la direction opposée au centre ville. Le Péruvien ne cessait de sourire et bavardait en marchant.

« Tu es seul à Lima ?

— Oui.

— Tu es arrivé aujourd'hui ?

— Oui. Je viens de Londres. L'hôtel est encore loin ? » s'inquiéta Martin alors qu'ils venaient de tourner dans une rue plus étroite et plus sombre encore que les autres.

Un léger malaise commençait à l'envahir.

« Non, pas très loin. Nous arrivons dans deux minutes. »

Ils bifurquèrent sous une arcade et Martin eut tout juste le temps de se rendre compte que, au lieu de conduire à un hôtel, le passage menait à un parking désert. On le bouscula et son sac lui fut arraché des mains. Il cria, mais personne ne pouvait l'entendre.

Les deux jeunes gens se jetèrent sur lui. Martin tenta de lutter mais la bataille était inégale. Il sentit qu'on lui arrachait son portefeuille et voulut se remettre debout. Un coup de pied le renvoya à terre. Après quoi ses agresseurs reportèrent leur attention sur son sac. Martin les observait, impuissant. Ce n'était pas fini. Ils lui subtilisèrent encore sa montre et sa veste. Une fois tout leur butin enfourné dans le sac, ils éclatèrent d'un rire triomphant et disparurent en courant, laissant Martin étendu dans le parking désert.

Il lui fallut un certain temps pour rassembler ses forces et se traîner jusqu'à la rue. Là, il découvrit un banc de bois et s'y laissa tomber en se recroquevillant, les yeux fermés. Il était toujours dans la même position lorsque le soleil se coucha. La ville se préparait pour la nuit.

7

PEDRO

Martin ouvrit les yeux. Quelqu'un le tirait par la manche. Une petite main velue se cramponnait à sa chemise. Encore un peu endormi, son regard quitta la main et suivit le bras jusqu'à la figure rose d'un bébé ouistiti qui l'examinait avec de grands yeux étonnés. Le singe était accroupi près de Martin sur le banc, sa longue queue rayée traînant par terre.

« Charley ! » appela une voix.

Le singe se mit à pousser de petits cris sans cesser de tirailler la manche de Martin.

La rue était toujours déserte mais deux lampadaires s'étaient allumés. Une silhouette avança vers le banc. C'était un adolescent, un Péruvien à la peau ambrée, avec de longs cheveux noir comme du jais et des yeux sombres. Il était exactement de la même taille que Martin et sans doute du même âge. Sans son visage légèrement plus mince et son nez plus court, il aurait été sa réplique sud-américaine. Les haillons qu'il portait, un jean délavé et un tee-shirt déchiré, ne différaient guère non plus des propres vêtements de Martin. Dans la bagarre, sa chemise avait été à moitié arrachée et son pantalon entaillé, ainsi que sa jambe.

Le garçon s'arrêta devant le banc et se mit à parler. Martin ignorait s'il s'adressait à lui ou au singe car il s'exprimait dans un espagnol haché et rapide. Le singe, en tout cas, parut comprendre. Il sauta du banc et grimpa sur son épaule en nouant les mains autour de son cou. Le jeune garçon reprit la parole, à l'attention de Martin, cette fois.

« Désolé, je ne parle pas espagnol, s'excusa celui-ci.

— Tu es Américain ? questionna le jeune inconnu en changeant de langue avec une déconcertante agilité.

— Non, je suis Anglais.

— Tu te sens bien ?

— Pas très bien, non », murmura Martin.

L'adolescent s'assit près de lui sur le banc.

« Que t'est-il arrivé ? »

Martin frissonna en se remémorant les dernières heures.

« Deux hommes m'ont agressé. Ils m'ont tout volé... Mon argent, mon passeport, mes vêtements. Tout.

— Tu as beaucoup de chance.

— De la chance ?

— Oui, beaucoup de chance. Ils ne t'ont pas tué. Cela arrive souvent par ici. Où loges-tu ?

— Je n'ai pas d'hôtel. Je n'ai aucun endroit où aller. C'est une longue histoire, soupira Martin.

— Pas d'hôtel ? Pas d'amis ?

— Aucun qui soit capable de m'aider.

— Dans ce cas, tu ferais mieux de m'accompagner, décréta le jeune Péruvien. Tu me sembles dans une situation difficile.

— Tu habites dans le quartier ?

— Pas très loin.

— Tes parents ne diront rien ?

— Aucun problème, le rassura le garçon en haussant les épaules. Tu peux marcher ? ajouta-t-il en remarquant la blessure de Martin.

— Je crois, oui.

— Alors allons-y.

— Comment t'appelles-tu ? demanda Martin en s'appuyant sur son épaule pour marcher.

— Pedro. Et voici Charley», précisa le jeune garçon en désignant le singe juché sur son épaule.

Il leur fallut plus de vingt minutes pour atteindre la maison de Pedro. Vingt minutes pendant lesquelles ils parlèrent peu. Pedro ne paraissait guère curieux des circonstances qui avaient conduit Martin à se retrouver tout seul à Lima, et s'intéressait davantage à Charley dont l'escapade l'avait beaucoup inquiété.

«Je l'ai cherché partout, expliqua-t-il. Et je ne comprends encore pas comment il a réussi à s'échapper de chez moi.

— Où se trouve ta maison, exactement ? demanda Martin qui peinait de plus en plus pour marcher.

— Nous arrivons bientôt.

— Tes parents sont là?

— Tu verras. »

Ils s'arrêtèrent enfin devant une bâtisse qui était visiblement sur le point de rendre l'âme. De lourdes poutres en bois étayaient les murs, et le toit était en partie effondré. Des planches obstruaient les fenêtres et une palissade condamnait l'accès de la maison par la rue. Une pancarte à la peinture rouge interdisait l'entrée.

Ignorant l'avertissement, Pedro avança sur la palissade et poussa. Une grosse planche pivota.

« Par ici », dit-il en aidant Martin à se faufiler.

Ils traversèrent une cour défoncée, jusqu'à une porte encadrée de deux piliers de bois.

« Voilà ma maison », annonça-t-il fièrement.

La porte ouvrait sur une salle spacieuse, dans laquelle donnaient deux pièces plus petites. Pedro sortit une boîte d'allumettes et entreprit d'allumer la douzaine de bougies éparpillées sur les tables ou accoudoirs de fauteuils tout autour de la pièce. Peu à peu, le décor prit forme aux yeux de Martin. L'endroit était un taudis, une maison abandonnée qui aurait dû s'écrouler d'elle-même depuis longtemps. Pourtant Pedro avait réussi à la rendre habitable. Outre les tables et les chaises, il y avait aussi deux armoires, une commode et, curieusement, un vieux piano. Tous les meubles étaient délabrés ou bancals et provenaient vraisemblablement de la décharge publique, mais Pedro les avait nettoyés et arrangés comme s'il s'agissait des derniers modèles en vogue. Il avait même accroché des gravures qui pendaient dans leur cadre sans vitre. Un tapis élimé couvrait le sol. Une odeur de vieux et de moisi imprégnait l'air.

« Assieds-toi, dit Pedro en désignant à Martin son fauteuil le plus robuste. Tu as faim ?

— Non, merci.

— Tant mieux, il n'y a rien à manger. J'ai dîné dehors, ce soir.

— Ainsi, c'est là que tu habites.

— Oui, c'est ma maison. Qu'en penses-tu ? Ma chambre est à côté, expliqua Pedro en indiquant l'une des deux petites pièces. Charley dort dans l'autre. Il est vraiment sale. Je n'arrête pas de nettoyer derrière lui. »

Martin jeta un coup d'œil par les portes ouvertes et aperçut, dans une chambre, un matelas nu posé par terre. Dans l'autre trônait une sorte de table avec un tiroir au milieu.

« C'est bien, n'est-ce pas ? insista Pedro. Et c'est chez moi.

— Oui, répondit Martin.

— Tu ferais bien de boire quelque chose, poursuivit le jeune Péruvien en sortant une bouteille et deux verres d'une armoire.

— Qu'est-ce que c'est ?

— Du *pisco*. C'est la boisson nationale, au Pérou. Il paraît que ça ressemble au cognac. »

Martin but une gorgée. Malgré son goût amer, le *pisco* réchauffait l'estomac.

« Comment t'es-tu procuré cette bouteille ?

— Je l'ai volée. »

Ils vidèrent leur verre. Charley somnolait, roulé en boule sur un siège. Les flammes des bougies vacillaient, projetant des ombres dansantes sur les murs.

« Bien, dit Pedro. À présent, dis-moi qui tu es.

— Martin Hopkins.

— Martin ? C'est un joli nom. Comme San Martin à Lima. Explique-moi pourquoi tu es à la rue et pourquoi tu te retrouves seul à Lima dépouillé de tout. C'est assez... bizarre.

— Comme je te l'ai dit, c'est une longue histoire, soupira Martin. Parle-moi plutôt de toi.

— Pour moi aussi, c'est une longue histoire. Je te propose une chose, Martin. Je te raconte ma vie et tu me racontes la tienne ensuite. Après, nous irons dormir. D'accord ?

— Parfait », approuva Martin.

Pedro déboucha la bouteille de *pisco* et remplit à nouveau les deux verres. Puis il s'assit en face de Martin, les jambes allongées.

« Je m'appelle Pedro, et je n'ai que ce nom-là, commença-t-il. Je n'ai jamais connu mes parents et j'ignore qui ils sont. Je crois qu'ils sont morts lorsque j'étais bébé. J'ai été élevé par une femme que j'appelais Tante Maria, bien qu'elle n'ait jamais été ma tante. Elle travaillait comme serveuse dans un restaurant chic et me rapportait la nourriture que les clients ne mangeaient pas. Nous nous régalions à cette époque. Bref... Tante Maria a rencontré un Américain qui n'a pas tardé à venir vivre avec nous. Il s'appelait Jack. Il ne travaillait pas et passait ses journées dans l'appartement. C'est lui qui m'a enseigné l'anglais. Il m'a appris à le lire et à l'écrire et je suis plus calé en anglais qu'en espagnol. C'est idiot, non ? En tout cas, Jack était un sale type. Il buvait trop et, quand il était soûl, il battait Tante Maria. Et moi aussi, parfois. Un jour, Tante Maria a disparu. Peut-être que Jack l'a tuée. Il a filé deux jours plus tard et je me suis retrouvé seul. Je devais avoir environ neuf ans. Il y a quatre ans de cela.

« Je travaillais déjà, à l'époque. J'étais cireur de chaussures. Beaucoup d'enfants sont cireurs de chaussures, ici. C'est vraiment un boulot infect. Dix minutes de travail pour seulement cent sols*, et dix clients par jour quand on a de la chance. Je gagnais un peu plus avec les touristes parce que je parlais anglais, mais les grands hôtels me chassaient. Donc, je cirais les chaussures et quand je ne gagnais pas assez d'argent, je volais à manger...

« Je suis resté un peu dans l'appartement de Tante Maria puis j'ai dû quitter les lieux. J'ai erré à droite, à gauche, dans des endroits comme celui-ci. Il en existe beaucoup à Lima, quand on sait où chercher. Cette maison est la mieux de toutes. Elle n'est ni humide ni trop froide et je m'y sens bien. Mon seul problème restait le travail car je détestais cirer les chaussures et cela me rapportait à peine de quoi vivre. C'est alors que j'ai rencontré Charley.

« Le pauvre avait été laissé pour mort sur un tas d'ordures. Il était vraiment mal en point. Je l'ai ramassé et, sans que je sache comment ni pourquoi, il s'est rétabli. Peut-être parce qu'il s'était pris d'amitié pour moi. Il a repris des forces, grandi, et je l'ai appelé Charley, en souvenir d'une bande dessinée que Jack lisait. »

Pedro se leva pour aller chercher l'étrange table que Martin avait aperçue dans la pièce réservée au singe.

« À quoi cela sert-il ?

* Monnaie péruvienne.

— C'est mon outil de travail. Je l'ai fabriqué moi-même, expliqua Pedro en ouvrant le tiroir. Mais j'ai acheté toutes ces petites cartes que tu vois là et sur lesquelles sont inscrites des prophéties: amour, santé, argent, etc. Charley dit la bonne aventure aux passants. Je lui ai appris à ouvrir le tiroir et à piocher une carte qu'il tend au client. Je gagne deux cents sols à chaque fois, parfois cinq cents, et j'ai une cinquantaine de clients par jour. Tu vois, ça rapporte. Je gagne assez pour m'acheter à manger, des bougies, et parfois même des vêtements. Un jour je trouverai un autre travail. Je veux aller aux États-Unis pour devenir riche. Mais, pour le moment, je ne me plains pas. Voilà, Martin, tu sais tout de moi. À toi de me raconter ta vie. »

Pedro s'était confié avec un tel sérieux que Martin ne douta pas un instant qu'il n'eût dit la vérité, même si son histoire paraissait incroyable. Aussi décida-t-il de faire preuve de la même franchise.

« D'accord, Pedro, soupira-t-il en sortant de sa poche de pantalon le stylo bille qui lui piquait la cuisse. Mais... laisse-moi te prévenir, même si ton anglais est parfait, tu vas avoir du mal à comprendre... »

*
* *

Tard dans la nuit, Martin se réveilla en sursaut. L'espace d'un instant, il se demanda où il se trouvait, puis la mémoire lui revint. Il était allongé nu sur un matelas, sous une légère couverture. À quelques pas, Pedro dormait sur un autre matelas.

Il porta la main à sa jambe qui le démangeait. Ses doigts se figèrent à l'emplacement de sa blessure et il se redressa brusquement. Il avait boité pour venir se coucher, or sa cuisse était maintenant intacte, sans même une cicatrice.

Il demeura immobile un long moment, abasourdi, puis s'abandonna à nouveau au sommeil.

8

NEUVIÈME ÉTAGE

Le lendemain matin, Martin fut réveillé par le plus extraordinaire des bruits. C'était de la musique, mais qui ne ressemblait en rien à celle qu'il connaissait. Par la porte ouverte, il aperçut Pedro assis au piano, le visage crispé par la concentration à la manière d'un grand concertiste. L'air qu'il jouait rappelait un tango, mais l'instrument était si désaccordé et privé de tant de notes qu'il était impossible de reconnaître une mélodie avec certitude. Charley était assis sur le haut du piano, les yeux fermés et les mains sur les oreilles. Pedro s'envola dans un crescendo et plaqua un ultime accord discordant. À l'intérieur du piano, une corde cassa avec un couinement aigu. Martin s'étira et se leva.

« *Buenos dias !* lui lança Pedro. Comment te sens-tu ?

— Très bien, répondit Martin en s'approchant. En tout cas, mieux que mes vêtements ! Ils sont en lambeaux.

— Sers-toi dans mes affaires. Nous avons la même taille.

— Merci.

— Tu aimerais prendre un petit déjeuner ?

— Je meurs de faim, avoua Martin en enfilant un pantalon qui lui allait parfaitement. Où est la cuisine ?

— Il n'y en a pas. Pas de cuisine, pas de salle de bain, pas de toilettes. Nous déjeunerons en ville. Viens. »

Ils laissèrent Charley enfermé dans la maison et gagnèrent le centre de Lima. Le ciel était plus lumineux mais l'air aussi lourd et poisseux que la veille. Selon Pedro, c'était le climat habituel de Lima. Ils arrivèrent devant une gare d'autobus autour de laquelle se serraient de nombreuses échoppes. L'odeur de thé et d'œufs frits en plein air se répandait sur toute la place. Ils s'assirent à l'un des comptoirs et Pedro commanda du thé et deux sandwiches. La vendeuse, une vieille femme édentée, lui sourit comme à un ami de longue date.

« C'est très bon », marmonna Martin en mastiquant son sandwich.

L'œuf était froid et graisseux mais il avait trop faim pour s'en soucier.

« C'est bien joli tout ça, Martin, mais que vas-tu faire ?

— Je ne sais pas. En tout cas, Richard a besoin de mon aide. Je suppose que je dois me présenter à l'ambassade et...

— Non, l'interrompit Pedro. C'est une très mauvaise idée. À peine auras-tu franchi la porte qu'on te capturera pour te livrer à la police, comme ton ami. Et il vous faudra au moins trois semaines pour être libérés.

— Je n'ai pas beaucoup d'autres solutions.

— Laisse-moi résumer l'histoire pour m'assurer que j'ai bien compris, dit Pedro en fronçant les sourcils. D'un côté, il y a ces créatures, les Anciens. Ils sont malfaisants mais ils appartiennent à un autre monde. Toi, tu les soupçonnes de vouloir envahir le Pérou. Mais tu ignores où et quand. Tu sais seulement que c'est imminent. Je me trompe ?

— Non, c'est à peu près ça.

— Bien. Deuxième point, tu possèdes une sorte de pouvoir... magique. Cela me semble complètement fou, mais tu n'as pas l'air fou, donc je te crois. Tu dois absolument retrouver ces Anciens et les vaincre. Ensuite tu retourneras en Angleterre et tout ira pour le mieux. C'est exact ?

— Exact, confirma Martin.

— Bien. Charley et moi avons décidé de t'aider, poursuivit Pedro en levant la main pour prévenir ses protestations. Tu n'arriveras à rien tout seul, Martin. Tu n'as pas d'argent et tu ne parles pas espagnol, tu ne resterais pas dix minutes en liberté..

— Mais il y a du danger, Pedro.

— Du danger ? Tout est dangereux, Martin. Et Charley et moi pouvons aussi nous montrer dangereux. Tu verras. »

Quand Pedro retourna sa poche pour chercher de quoi payer leur petit déjeuner, Martin s'aperçut que son nouvel ami ne possédait que quelques pièces de monnaie.

« Tu sais, Pedro, je te rembourserai dès que possible. L'ennui c'est que nous avons besoin d'argent maintenant.

— Très juste, sourit Pedro. Nous allons donc nous en procurer.

— Comment ? »

Un autocar venait de déverser tout un groupe de touristes au retour d'une excursion matinale.

« Tu vois cet homme, là-bas ? » murmura Pedro en désignant un Anglais grassouillet vêtu d'une chemise multicolore.

Le gros homme s'épongeait le front tandis que sa femme se démenait seule avec leurs bagages.

« Oui, je le vois. Et alors ?

— Va lui parler. »

Martin devinait trop bien le plan de Pedro. Il se mordit la lèvre et avança vers son compatriote qui suait à grosses gouttes.

« Excusez-moi, monsieur, bafouilla-t-il. Heu... Savez-vous s'il existe un bus pour... heu... San Martino ?

— San Martino ? Jamais entendu ce nom-là, grommela le gros homme.

— Eh bien... c'est une petite ville... »

Du coin de l'œil, Martin entrevit Pedro se glisser furtivement derrière l'Anglais et lever la main vers la veste qu'il portait en travers de son épaule. Craignant que l'homme se retourne, Martin lança la première chose qui lui vint à l'esprit.

« C'est une petite ville renommée pour ses prunes.

— Des prunes ? s'exclama le gros homme qui devait commencer à le prendre pour un fou.

— Oui, les fameuses prunes du Pérou. Elles sont délicieuses.

— J'ai assez perdu mon temps, jeune homme », grogna l'Anglais en lui tournant le dos pour suivre sa femme.

Martin ne demanda pas son reste et rejoignit hâtivement Pedro qui l'attendait de l'autre côté de la rue.

« Tu ferais un bon escroc, le félicita celui-ci en souriant.

— Tu as réussi ?

— Bien sûr ! Regarde », se rengorgea le jeune Péruvien en exhibant ce qu'il tenait caché derrière son dos.

C'était un portefeuille en cuir épais et noir qui contenait environ cent livres en espèces et une carte de crédit de l'American Express.

« Avec ça nous sommes sauvés, remarqua Martin avec un soupir de soulagement.

— Bien, maintenant que nous avons de l'argent, que comptes-tu faire ? questionna Pedro alors qu'ils s'étaient déjà prudemment éloignés de la place de plusieurs rues.

— TC, Lima, répondit Martin en sortant son stylo à bille. C'est la seule piste que nous ayons. Il faut trouver à quoi cela correspond.

— J'y ai déjà réfléchi. Voilà pourquoi je t'ai amené dans ce quartier.

— Explique-toi. »

Pedro tendit le doigt vers l'immeuble devant lequel ils étaient arrêtés, un bâtiment moderne et inhospitalier de neuf étages. Sur le toit, un cube lumineux pivotait sur lui-même, orné de deux énormes lettres rouges : TC. Près de la porte d'entrée, une plaque de cuivre annonçait la raison sociale de l'entreprise : TOVAR COMMUNICATIONS-LIMA.

« Qui est Tovar ? demanda Martin.

— L'un des hommes les plus riches du Pérou. Une véritable fortune. Son entreprise fabrique des ordinateurs. Le siège social est ici, mais il a une... je ne connais pas le nom... une sorte de grande usine dans le Sud, à Paracas.

— Le stylo doit provenir d'ici, remarqua Martin.

— Comment vas-tu faire ?

— Donne-moi le portefeuille. Je crois avoir une idée. »

Suivi de Pedro, Martin pénétra d'un pas décidé dans le hall et s'arrêta devant le comptoir d'accueil derrière lequel se tenait une jeune femme.

« Parlez-vous anglais ? questionna-t-il poliment.

— Oui. Que désirez-vous ?

— J'aimerais savoir si M. Tod travaille bien ici ?

— Pourquoi cette question ?

— J'ai trouvé ceci dans la rue, lui expliqua Martin en montrant le portefeuille. Et il y a l'adresse de votre compagnie à l'intérieur. »

L'hôtesse aussitôt devint plus amicale.

« Vous êtes très honnête, c'est bien. Laissez-le-moi et je...

— Nous préférerions le remettre en mains propres à M. Tod », la coupa Martin avec le sourire rayonnant d'espoir du pauvre gosse qui convoite une récompense.

La réceptionniste comprit le message.

« M. Tod se trouve en ce moment dans le bureau du señor Valenzuela de Tovar, au neuvième étage. Je ne dois pas le déranger, mais vous pouvez l'attendre ici, il ne va pas tarder. »

Martin et Pedro s'installèrent sur le canapé de cuir qu'elle leur désignait et patientèrent jusqu'à l'arrivée d'un coursier, les bras chargés de paquets, qui s'approcha du comptoir de réception.

« Maintenant ! » commanda Martin à voix basse.

Ils profitèrent que l'attention de la réceptionniste était momentanément distraite pour s'élancer dans le premier couloir qu'ils aperçurent. À quelques mètres, ils trouvèrent une rangée d'ascenseurs. Martin les dépassa, cherchant une porte. Il en découvrit une et l'ouvrit. Comme il l'espérait, elle desservait des escaliers.

« Où allons-nous ? questionna Pedro.

— Là-haut.

— Pourquoi ne pas prendre l'ascenseur ?

— Nous nous ferions remarquer. Et puis il n'y a que neuf étages !

— Ce n'est pas pour cela, Martin. Seulement... je ne suis jamais monté dans un ascenseur.

— Nous le prendrons peut-être en redescendant. »

Ils grimpèrent donc à pied jusqu'au neuvième étage. Il était une heure et le calme régnait dans les bureaux : la plupart des employés étaient sortis déjeuner. Personne ne les arrêta quand ils parcoururent le long corridor aux murs ornés de photos de planètes. Toutes les portes étaient fermées sauf celle du bout du couloir, plus basse que les autres, qui était légèrement entrebâillée. Martin s'en approcha et tendit l'oreille. Deux hommes discutaient en espagnol. Il fit signe à Pedro de prendre sa place.

« ... Mais nous devons agir rapidement, disait une voix.

— Combien de temps doit s'absenter Chambers ? questionna l'autre voix, qui appartenait à M. Tod.

— Au moins deux jours. Peut-être davantage. Et quand le professeur reviendra, les recherches seront terminées.

— Pourquoi nous donner tant de mal puisque vous avez le livre ?

— Nous devons être absolument sûrs, rétorqua Victor Valenzuela de Tovar d'une voix froide et déterminée. La position du scorpion d'or doit être précise. Le moment précis. Le lieu précis. Si Chambers... »

La sonnerie du téléphone l'interrompit. Il décrocha et répondit d'un ton hargneux.

« J'ai dit que je ne voulais pas être dérangé !... Quels enfants !... Quels enfants ? poursuivit-il après une pause. Pour Tod ? Vous avez perdu votre portefeuille, Tod ?

— Non.

— Mais... J'ai compris. Ne les laissez sortir de l'immeuble sous aucun prétexte ! aboya Tovar. Prévenez la sécurité. Que les gardes tirent à vue en cas de besoin. »

« Filons, murmura Pedro. Nous sommes dans de sales draps. »

Ils rebroussèrent chemin en courant. Arrivés à la moitié du corridor, entre deux photos représentant la terre vue de l'espace, ils trouvèrent une porte ouverte qui donnait sur une réserve. À peine avaient-ils refermé derrière eux que Tovar et Tod surgissaient du bureau.

« Il n'y a personne dans les parages, constata l'Allemand.

— Ils étaient là. Je sais qu'ils étaient là.

— Qui ?

— Le jeune Anglais, Hopkins, et un autre. Trouvez-les, monsieur Tod. Ils doivent se cacher à proximité. »

Pedro, qui avait l'oreille plaquée contre la porte, alerta Martin.

« Vite ! Ils arrivent ! »

Martin regarda autour de lui. En dehors d'une rangée d'étagères et d'une machine à photocopier, la pièce était nue et n'offrait aucune cachette possible. Une seule issue : la fenêtre.

« Vite, par là, souffla-t-il à l'adresse de Pedro qui s'attardait près de la photocopieuse.

— Martin, regarde...

— Pas le temps. Viens vite. »

Trente secondes plus tard, la porte s'ouvrait devant M. Tod.

« Personne, grogna l'Allemand en jetant un coup d'œil autour de lui.

— Et la fenêtre ? suggéra Tovar.

— Nous sommes au neuvième étage, ne l'oubliez pas. Ils doivent se cacher dans un autre bureau. »

Pendant ce bref échange, Pedro et Martin étaient plaqués contre la paroi extérieure de l'immeuble. Leurs pieds reposaient sur un rebord de quinze centimètres qui courait le long de la façade. Le nez contre le mur, les doigts accrochés à tout ce qui dépassait, ils sentaient le vide sous leurs talons. Neuf étages plus bas, le soleil se réfléchissait sur le ciment du trottoir.

Mais à vingt mètres d'eux, un escalier de secours descendait jusqu'à la terre ferme. C'était l'objectif que visait Martin. Prudemment, pas après pas, la joue frottant contre la paroi, il progressait vers la rambarde de l'escalier, suivi par Pedro. Il n'osait regarder en bas de crainte d'être pris de vertige. Les yeux mi-clos, le cœur cognant à tout rompre, il avançait. Chaque centimètre gagné lui semblait prendre une heure. Enfin sa main atteignit la rampe de fer. Ce fut alors que Pedro tomba.

Le jeune Péruvien avait voulu rattraper Martin. Au moment où il faisait un pas plus grand pour saisir à son tour la rambarde, sa chemise s'était accrochée à un coin de brique, et c'est en tentant de se dégager qu'il avait perdu l'équilibre. Martin tendit le bras dans un réflexe désespéré et parvint par miracle à agripper la main de son ami au moment où celui-ci basculait dans le vide. En tâtonnant du bout du pied, Pedro réussit à trouver une prise. Martin tirait de toutes ses forces. Il roula sur la plate-forme de l'escalier de secours, Pedro derrière lui. Sauvés !

Sauvés, mais pas pour longtemps. M. Tod avait entendu le cri de Pedro. Les deux garçons dévalèrent l'escalier ; l'Allemand se pencha à une fenêtre, un revolver au poing, et tira. La balle ricocha sur un barreau de fer, à quelques centimètres au-dessus de leurs têtes.

Ils atteignirent enfin la terre ferme et s'arrêtèrent pour souffler. Ils se trouvaient dans une ruelle étroite. Ne voyant personne, Martin crut à leur chance. Mais une porte s'ouvrit dans le passage et un garde en uniforme surgit. Dans l'autre sens, l'allée aboutissait à un mur de briques infranchissable. Le garde dégainait déjà son arme et avançait sur eux.

Tout à coup, il y eut un énorme crissement de pneus. Une voiture venait de faire un tête-à-queue dans la rue pour s'engouffrer dans la ruelle. Le garde eut tout juste le temps de se rejeter contre le mur pour la laisser passer. Martin et Pedro s'apprêtaient à l'imiter mais la voiture pila devant eux au dernier moment et le conducteur se pencha par la vitre.

« Montez ! Vite ! » cria-t-il.

Martin échangea un regard avec Pedro puis leva les yeux vers l'escalier de secours. M. Tod était déjà à mi-chemin. Une sirène d'alarme hurlait à l'intérieur de l'immeuble. Deux autres gardes arrivaient en renfort au bout du passage.

Sans plus hésiter, les deux garçons bondirent dans la voiture. Le conducteur passa aussitôt en marche arrière.

« Couchez-vous ! » hurla-t-il.

Une seconde plus tard, une balle traversait une des vitres de côté. La voiture fit une embardée, renversa une poubelle, puis bondit sur la rue. Le conducteur redressa le volant et s'engagea à toute vitesse dans la circulation.

Ils quittèrent le centre de Lima en direction des faubourgs à vive allure. Nul ne disait mot. Recroquevillés sur le siège arrière, les deux garçons ne pouvaient même pas apercevoir leur sauveur, mais Martin se demandait si celui-ci avait déjà conduit une fois dans sa vie. La voiture tanguait de droite à gauche sur la route. Ils avaient à peine parcouru un kilomètre qu'elle grimpait à nouveau sur le trottoir avant de s'immobiliser dans un massif d'arbustes.

Martin fut le premier à réagir. Il sauta par la porte arrière et se faufila dans les broussailles jusqu'à l'avant. Le conducteur était un jeune Indien qui lui était complètement inconnu. Il n'était pas difficile de comprendre pourquoi le voyage avait été si mouvementé et s'était interrompu si brutalement : une balle lui avait traversé la nuque. Il était effondré sur le volant, une auréole de sang s'élargissant sur sa chemise et sa veste. Pourtant il avait les yeux ouverts et respirait faiblement.

« Allez à Cuzco, murmura-t-il au prix d'un terrible effort. Vendredi... le temple de Coricancha. À Cuzco... six heures... Vous devez... »

Un filet se sang coula de sa bouche et il ferma les yeux. Mort.

« Qui est-ce ? s'enquit Pedro en se penchant au-dessus de Martin.

— Je ne sais pas. C'est curieux, il a parlé en anglais. Pourtant il est... était certainement Péruvien.

— Nous ferions mieux de filer, Martin...

— Mais...

— Vite ! » insista Pedro en l'entraînant.

Déjà la foule se pressait autour de la voiture accidentée et on entendait les sirènes de police se rapprocher. Les deux garçons se frayèrent un passage au milieu des badauds et s'éclipsèrent dans la première rue adjacente.

« Jamais je n'aurais dû venir ici, marmonna Martin tout en marchant. Richard est en prison, tu as manqué te tuer à cause de moi, quelqu'un que je ne connais pas est mort par ma faute, et qu'ai-je découvert ? Rien. Richard avait raison. Mon idée était insensée.

— Tu n'es pas fautif, Martin, le consola Pedro. Et tu te trompes, nous avons découvert quelque chose. J'ai voulu te prévenir, mais tu ne m'en as pas laissé le temps. Regarde ce que j'ai trouvé dans la réserve, sur cette machine à... photocopier, ajouta-t-il en sortant une feuille de papier de sa poche. Elle était sur le plateau. Je suppose que c'est le duplicata d'une page du livre du Moine ? »

9

À TRAVERS LE PÉROU

«Je vais vous raconter une histoire», commença Victor Valenzuela de Tovar.

Il était assis en face de M. Tod, devant une table un peu plus petite que les autres tables, dans l'un des plus élégants restaurants de Lima. Les deux hommes venaient de terminer un plat de *cebiche*, poisson cru et oignons, spécialité de la maison. Cela se passait le lendemain de l'effraction de Martin et Pedro dans les bureaux de Tovar et celui-ci semblait avoir beaucoup vieilli en l'espace de vingt-quatre heures. Son corps s'était dégonflé comme un ballon crevé et sa voix ressemblait au sifflement de l'air s'échappant d'un pneu.

« Il y a des milliers d'années, le monde était dirigé par des créatures d'une puissance fantastique. Tout ce qui vivait se prosternait devant elles. Ceux qui résistaient mouraient. On donna à ces créatures des noms divers : démons, diables, furies,... mais leur nom d'origine était les Anciens. La plus grande force du diable.

« Un jour, pourtant, les Anciens furent victimes d'une ruse et bannis de ce monde dans les ténèbres éternelles. Alors, dit-on, naquit la civilisation. La civilisation ! Regardez autour de vous, monsieur Tod. Le monde est déchiré par la guerre et le chaos. Pollution, famine, criminalité, chaque jour les journaux regorgent des hauts faits de notre supposée civilisation !

« Depuis des milliers d'années, poursuivit Tovar, il existe des gens pour croire que le retour des Anciens rendrait le monde vivable. On craignait les magiciens, on brûlait les sorcières, mais toujours on les a détestés et enviés pour leurs pouvoirs. Ils étaient les serviteurs des Anciens, monsieur Tod. Je suis l'un d'eux et mon père l'était avant moi. Nos secrets se transmettent de génération en génération et nous consacrons notre vie à un seul objectif : faire revenir les Anciens et restaurer leur pouvoir afin que s'ouvre une ère nouvelle. Et cela est possible, monsieur Tod. Lors de leur bannissement, les Anciens furent expulsés au-delà de deux portes, deux barrières symboliques entre le fini et l'infini. L'une de ces portes se trouvait en Angleterre, l'autre est ici, au Pérou. J'ai appris son existence il y a plus de vingt ans, mais ce n'est qu'à la découverte du livre du Moine que j'ai compris que je possédais la clef pour l'ouvrir. La clef est le scorpion d'or. Dans onze jours, le scorpion sera en position. Alors commencera l'ère nouvelle.

« Toutefois il existe un danger. Les Anciens ont des ennemis. Cinq les ont vaincus à l'aube des temps, cinq autres se dresseront encore contre eux. Le garçon, Martin Hopkins, en fait partie. On ne doit pas le laisser en vie. Il possède un pouvoir et ce pouvoir croît en lui à chaque seconde. Quand il se cachait dans mes bureaux, je sentais sa présence et cela m'était... douloureux.

« Malgré tout, il demeure un enfant. Il m'a échappé à l'aéroport de Lima mais l'un de mes agents l'a repéré il y a quelques heures. Il quittait la ville en avion avec un jeune Péruvien à destination de Cuzco. J'ignore ce qu'ils espèrent trouver là-bas mais on doit impérativement les stopper.

— Quels sont vos ordres ? » demanda M. Tod.

Tovar posa un billet d'avion sur la table.

« Vous vous envolez pour Cuzco ce soir même, monsieur Tod. Retrouvez Martin Hopkins, capturez-le, et tuez-le. »

*

* *

« Qu'est-ce que cela signifie ? grommela Martin.

— Je viens de te le traduire, répondit Pedro.

— Bien sûr... Je sais ce que cela veut dire, mais je ne saisis pas ce que cela signifie... tu comprends ?

— Non », soupira Pedro.

Pendant que Victor Valenzuela de Tovar s'entretenait avec M. Tod dans le restaurant de Lima, les deux garçons volaient à vingt mille pieds au-dessus des Andes. Charley reposait sur les genoux de Pedro, prudemment enfermé dans une cage d'osier achetée le matin même. Ni le singe ni son maître n'avait jamais pris l'avion. D'abord terrifiés, ils avaient vite pris goût à ce nouveau mode de transport, même si Pedro regrettait de ne pouvoir ouvrir la fenêtre.

Martin examinait la photocopie dérobée par son ami dans les bureaux de Tovar. Une partie seulement de la page était lisible. Manifestement, celui qui avait effectué la copie avait placé l'original de travers, ce qui expliquait le flou d'une moitié de l'image. Quant à la partie nette, elle était incompréhensible.

On avait tracé sur la page un certain nombre de lignes droites qui ne semblaient former aucun motif particulier et dont la moitié allait se perdre dans le coin flou. En dessous, étaient inscrits des mots en espagnol ancien, quatre lignes en vers que Pedro avait traduits :

Pendant la nuit du scorpion,
Devant la place de Qolca,
S'élèvera la lumière,
La lumière qui anéantira toute autre lumière.

Enfin, sous le poème, la même main avait tracé deux autres mots : *Inti Raymi.* Les points des deux i étaient en forme de soleils miniatures, l'un blanc, l'autre noir.

« Où se trouve la place de Qolca ? demanda Martin.

— Je n'ai jamais entendu ce nom.

— Est-ce que Tovar et Tod en ont parlé ? »

Pedro fit un effort pour se souvenir de la conversation qu'il avait surprise dans le bureau.

« Non, désolé, Martin, soupira-t-il enfin. Les choses se sont précipitées. Tout ce que je me rappelle, c'est le nom de Chambers. Et puis... quelque chose à propos d'un scorpion d'or.

— Et Inti Raymi ?

— Ces mots m'évoquent quelque chose..., mais rien de très précis pour le moment.

— La mémoire te reviendra peut-être », soupira Martin en repliant la feuille de papier pour la glisser dans sa poche.

À cet instant, le signal d'interdiction de fumer clignota et l'avion effectua un virage sur l'aile gauche pour amorcer sa descente. Pedro s'agrippa aux accoudoirs.

« J'aimerais bien savoir qui était l'homme de la voiture, reprit Martin. Que sommes-nous censés trouver dans le temple de Coricancha ?

— Nous le découvrirons sur place.

— Je sais. Mais comment être sûrs que cet homme était de notre côté ? Après tout, il s'agit peut-être d'un piège. J'aimerais que Richard soit là, ajouta Martin en soupirant.

— Comment est-il, ce Richard ? questionna Pedro.

— Impossible ! Il déteste les avions et l'aventure. Si je l'avais écouté, jamais je ne serais venu au Pérou.

— Dans ce cas, il ne pourrait sans doute pas nous aider beaucoup.

— Tu as probablement raison. Mais Richard est mon ami, et je suis responsable de ses ennuis. Sa présence me réconforterait, c'est tout... Je me demande ce qui lui arrive en ce moment. »

*
* *

L'envoyé de l'ambassade approcha une chaise de la lourde table en bois massif et s'assit.

« Je suis sincèrement désolé, monsieur Cole, commença-t-il.

— Vous êtes désolé ? s'exclama Richard en passant une main dans ses cheveux ébouriffés. Vous avez mis du temps avant de vous déplacer ! Cela fait maintenant deux jours que la police m'a arrêté pour un ridicule malentendu et...

— Vous appelez cela un malentendu, monsieur Cole ? De la cocaïne pure découverte dans vos bagages ?

— Quelqu'un l'y a mise intentionnellement.

— C'est ce que vous affirmez. Mais qui, monsieur Cole ? Et pourquoi ?

— J'aimerais le savoir », grommela Richard.

L'attaché d'ambassade, qui s'était présenté sous le nom de M. Knights, ouvrit sa mallette.

« J'espère que vous ne manquez pas trop de confort, monsieur Cole ? »

Richard éclata d'un rire amer.

« Je ne me suis pas lavé depuis deux jours. Je vis dans une cellule de la taille d'une armoire à balai que je suis obligé de partager avec un criminel qui a assassiné cinq prêtres pendant une messe. Et vous me demandez si je manque de confort ? J'exige un avocat !

— Je suis avocat, répondit M. Knigths. Et je dois vous informer de la gravité de votre situation, monsieur Cole. »

Richard s'enfouit la tête entre les mains.

« Qui êtes-vous, exactement ?

— Je vous l'ai dit, je suis...

— Attaché à l'ambassade de Grande-Bretagne. Dans ce cas, pourquoi ne me sortez-vous pas d'ici ? De quel côté êtes-vous donc ?

— Votre cas est délicat, toussota M. Knights. Si vous êtes ce que vous prétendez, alors je ferai tout mon possible pour vous faire libérer. Mais... si vous êtes impliqué dans des activités illégales, l'intérêt de la Grande-Bretagne sera d'aider nos amis péruviens.

— Puisque je vous dis...

— La vérité ? le coupa M. Knights. On m'a remis votre déposition. Expliquez-moi pourquoi vous vous entêtez à déclarer que vous voyagiez seul, alors que nous savons qu'un garçon de treize ans appelé Martin Hopkins vous accompagnait ? Pourquoi êtes-vous venu au Pérou, monsieur Cole ?

— Je le répète, pour des vacances.

— Dans ce cas, pour quelle raison un mystérieux criminel aurait-il organisé un coup monté contre vous ? Pourquoi chercherait-il à vous faire accuser de trafic de drogue ?

— Je ne sais pas. Peut-être déteste-t-il les touristes, grommela Richard.

— Mauvaise réponse, monsieur Cole. Nous savons que vous et le jeune Martin Hopkins avez été impliqués dans une étrange affaire, à Forest Hill. On m'a également transmis un rapport secret qui établit un lien entre vous et des événements encore plus étranges, en avril dernier, dans le Yorkshire. Le jeune Hopkins est lui aussi mêlé à cette première affaire, sans parler de sa participation dans quelques événements curieux qui se sont déroulés à Lima. À en croire les rapports de la police locale, Martin Hopkins et un autre garçon péruvien de son âge se sont introduits dans les bureaux d'un des hommes d'affaires les plus importants de ce pays. Leur fuite a été couverte par un complice, un Indien dont on n'a pas encore déterminé l'identité. Cet homme s'est fait tuer et Martin Hopkins a disparu.

— Comment savez-vous qu'il s'agit de Martin ? objecta Richard.

— Nous n'en avons pas la preuve formelle, cependant la description concorde. Et je doute qu'il existe plusieurs adolescents anglais errant seuls dans les rues de Lima ! Soyons francs, monsieur Cole, ajouta l'attaché d'ambassade en souriant. Le ministère des Affaires étrangères prend le plus vif intérêt à vos petites escapades. Le ministre en personne suit le dossier. Il veut connaître la vérité sur vos activités. Nous attendons des réponses à de nombreuses questions, monsieur Cole. De votre côté, vous avez besoin de notre aide. Nous pouvons persuader les autorités péruviennes que vous êtes victime d'un coup monté mais, en échange, vous devez commencer par vous montrer coopératif. Répondez à mes questions, monsieur Cole, ou bien vous risquez de moisir dans votre cellule pendant très, très longtemps », conclut M. Knights avec un sourire glacial.

*

* *

Le vieil homme avait écouté attentivement, les yeux mi-clos, hochant la tête en signe d'agrément. Le messager qui lui avait apporté les nouvelles était assis sur un rocher et guettait sa réaction. Deux autres hommes l'entouraient, la mine sombre, mais trop intimidés pour oser exprimer leur avis.

Il était environ midi et le soleil brûlait, pourtant le vieil homme ne semblait pas le remarquer. Enfin il prit la parole :

« Avant de mourir, Huascar leur a donc dit où nous trouver.

— C'est ce que nous pensons, dit le messager. Ils ont pris l'avion ce matin à destination de Cuzco, et ils sont arrivés en ville, à présent.

— Où sont-ils ?

— Nous l'ignorons. Les garçons ont peur. Je les ai fait suivre depuis l'aéroport mais ils ont réussi à nous semer. Ce n'est pas grave car nous les localiserons facilement.

— Et le jeune Péruvien ? On n'a aucun doute sur son identité ?

— Aucun. »

Le vieil homme sourit. C'était un sourire mêlé de tristesse, mais on devinait l'excitation qui l'animait au son de sa voix.

« Huascar n'est pas mort pour rien. Dans quelques jours, nous les aurons. Tomac ! ajouta-t-il à l'adresse d'un des hommes. L'heure est venue du grand rassemblement. Passe le mot. Notre cité doit être fermée pour les préparatifs. Tu sais comment procéder.

— Oui, je sais, répéta Tomac en écho.

— Les garçons viendront à nous vendredi, le 19 juin. La rencontre aura lieu samedi. Passe le mot, Tomac, commanda le vieil homme. Le jour est enfin venu. »

10

LA VILLE SACRÉE

Le gros Anglais s'épongea la nuque avec un mouchoir aux couleurs criardes, la mine renfrognée.

« Comment cela, il n'y a pas de trains ? s'exclama sa femme.

— C'est ce qu'affirme l'employé, Shirley. Il paraît qu'un glissement de terrain s'est produit dans la montagne et que la voie ferrée qui monte à Machu Picchu est endommagée. L'hôtel est fermé et les promenades sont interdites.

— Mais, voyons, c'est ridicule, Roger ! Nous avons fait ce long voyage presque uniquement pour cette excursion !

— Comment veux-tu que je persuade l'employé ? Il ne comprend même pas l'anglais. Quel désastre, ces vacances ! D'abord, je perds mon portefeuille à

Lima, et maintenant voilà que le plus fameux site du Pérou est inaccessible ! »

Les deux touristes anglais se résignèrent à sortir de Santa Ana, la gare de Cuzco. Ils ne remarquèrent pas le curieux trio assis sur les marches. Martin et Pedro terminaient un tardif déjeuner composé de fromage et de fruits achetés à un marchand ambulant. Entre eux, et solidement attaché à Pedro par une ficelle, Charley mastiquait une banane.

C'était leur troisième jour à Cuzco, mais la première fois qu'ils s'éloignaient autant de l'hôtel. Ils étaient en effet tombés malades dès leur arrivée. À 3 500 mètres d'altitude, l'air se raréfiait et le moindre effort provoquait malaises et maux de tête. Une journée entière de repos au lit avait été nécessaire pour les remettre d'aplomb.

Toutefois ce n'était pas la seule raison qui les avait conduits à se terrer dans leur chambre. Martin était inquiet. Ils avaient réussi à perdre l'homme qui les avait pris en filature depuis l'aéroport, pourtant il ne pouvait se défaire de l'impression qu'on les surveillait. Il commençait même à regretter d'être venu à Cuzco mais trouvait stupide de reculer puisque le jour du rendez-vous était arrivé. Ils avaient localisé le temple de Coricancha dans un guide touristique. Dans deux heures, ils seraient fixés.

Pour l'instant, ils finissaient tranquillement leur repas. Des dizaines d'échoppes devant la gare vendaient en vrac des fruits et légumes, des vêtements et des chaussures, des peignes, des couteaux, et mille autres choses. Le sol était jonché de papiers et d'épluchures, et une odeur de viande grillée gorgeait l'air. Une foule innombrable d'Indiens vêtus de couleurs chatoyantes, les femmes portant le chapeau melon et la natte traditionnels, s'affairaient sur la place.

« Qu'allons-nous faire ? demanda Pedro.

— Il existe des quantités d'endroits à visiter dans la ville, répondit Martin en consultant son guide. Tiens, écoute : "Cuzco fut jadis la capitale de l'Empire inca. Surnommée : "Le Nombril du Monde", la ville est située dans un cadre magnifique, perchée en surplomb d'une vallée au cœur des Andes. Autrefois ville sacrée, Cuzco regorge d'églises et de demeures somptueuses édifiées autour de ses nombreuses places. En 1533, après la conquête par Pizarro et les Espagnols, la cité fut presque entièrement réduite en cendres. Malgré cela on peut encore admirer les vestiges de l'architecture inca. L'idéal est de commencer la visite par la place centrale, la plaza de Armas, où l'on peut observer..."

— Attends une minute, Martin », l'interrompit Pedro.

Martin leva les yeux de son livre.

« Que se passe-t-il ?

— Nos ennuis recommencent. »

M. Tod avait passé deux jours à rechercher la trace des deux garçons. Il avait enquêté dans tous les hôtels, écumé les boutiques et les restaurants, posé des questions à l'office du tourisme. Puis il avait arpenté toutes les rues. Cuzco était une ville importante, mais pas gigantesque. En ce moment, il se tenait, le sourire aux lèvres, sur les marches d'une grande église. Il n'était pas seul. Quatre Indiens aux visages sombres et étroits et à l'expression hostile l'encadraient, figés comme des vautours.

« Tod ? murmura Pedro.

— Oui, c'est lui.

— Il n'a pas de sourcils.

— J'ai déjà remarqué.

— Que nous veulent-ils, à ton avis ?

— Je ne le sais pas exactement, mais j'ai un mauvais pressentiment, répondit Martin.

— Moi aussi. »

Charley se mit à pleurnicher et jeta sa peau de banane. Pedro l'attira contre lui et le petit singe se nicha au creux de son épaule.

« Il ne peut sûrement rien tenter contre nous au milieu de la rue et en plein jour, remarqua Martin.

— Tu as envie d'attendre pour t'en assurer ?

— Qu'en penses-tu ?

— Que nous ferions mieux de filer.

— Tu as raison. »

Ils se levèrent d'un même mouvement et traversèrent la rue comme des flèches avant de zigzaguer entre les échoppes. Le visage de M. Tod se crispa de fureur. Il aboya un ordre en espagnol et les quatre Indiens s'élancèrent. Martin et Pedro, avec Charley accroché à son cou, parvinrent de l'autre côté de la place et pénétrèrent dans le grand marché couvert de Cuzco. Il y avait tant d'échoppes et de gens qu'il était difficile d'avancer.

« Par ici ! » cria Martin en s'engouffrant dans un étroit passage.

De vieux Indiens leur jetèrent des regards curieux par-dessus des piles de viande grillée. Des carcasses entières de moutons pendaient au-dessus de dalles de pierres. Des sacs gonflés de feuilles ou d'herbes leur frôlaient la tête. Ils s'enfoncèrent dans une ruelle, passèrent sous un porche, débouchèrent dans une rue, puis tournèrent dans une autre en direction du centre. Partout se pressait une foule dense, mais personne ne leur prêtait attention.

Avant même de s'en apercevoir Martin et Pedro atteignirent la plaza de Armas, flanquée de son immense cathédrale à la façade couleur de sang séché que doraient les derniers rayons du soleil. Ils firent halte au centre de la place, près d'une fontaine.

« Nous avons dû les semer », haleta Martin.

À cette altitude, il était difficile de courir longtemps. Son cœur tambourinait dans sa poitrine comme s'il allait en jaillir.

« J'aimerais que ce soit vrai ! soupira Pedro. Regarde là-bas. »

Tod et ses acolytes venaient d'apparaître de l'autre côté de la place. Martin jeta un coup d'œil alentour. Il n'y avait aucune cachette, mais la présence de la foule nombreuse le rassurait.

« Nous sommes en sécurité, ici, conclut-il. Ils ne peuvent pas nous agresser devant autant de témoins.

— *Madre de Dios !* s'exclama Pedro en levant les yeux au ciel. Nous sommes au Pérou, Martin, pas en Angleterre ! Ici, tout peut arriver. »

Ils choisirent une étroite rue pavée qui longeait la cathédrale et reprirent leur course. Des murs friables percés de fenêtres à barreaux s'élevaient de part et d'autre et les toits de tuiles débordaient tellement qu'ils masquaient la lumière du ciel. La rue

bifurquait sur la droite pour déboucher sur une large place déserte. Martin s'arrêta, à bout de souffle.

« Je ne peux plus continuer, hoqueta-t-il.

— Il le faut, répondit Pedro avec la respiration d'un asthmatique. Regarde... »

M. Tod n'était qu'à une vingtaine de mètres et il continuait d'avancer, les Indiens déployés autour de lui. Deux d'entre eux brandissaient des couteaux à cran d'arrêt. Tous souriaient. La course et le manque d'oxygène ne semblaient pas les affecter le moins du monde.

« Il faut retourner dans la foule, souffla Martin. Nous y sommes plus à l'abri. »

Pedro serra Charley contre lui. Le singe paraissait conscient du danger. Ses petites mains s'accrochaient au cou de son maître au point de l'étouffer.

« Par là ! » décida Pedro.

Ils dévalèrent une rue étroite et sombre jusqu'à une avenue plus large où stationnait un petit groupe de touristes américains. Ils s'empressèrent de se mêler à eux. Un guide déclamait des commentaires enthousiastes devant des vestiges incas.

« Vous voyez ici le mur le plus célèbre de Cuzco, disait-il. Les pierres sont parfaitement assemblées sans l'aide de ciment ni d'aucun autre matériau. Elles sont même tellement bien jointes qu'on ne pourrait y glisser une lame de rasoir. Ce bloc-là, par exemple, ne compte pas moins de douze faces taillées à la main. Vous admettrez qu'il s'agit d'un chef-d'œuvre de technique architecturale... »

Les touristes prirent tous une photo du mur. M. Tod s'était arrêté et les Indiens avaient provisoirement rangé leurs couteaux. Lorsque le groupe d'Américains rejoignit l'autocar qui les attendait, les deux garçons leur emboîtèrent le pas.

« Désolé, les interpella le guide devant la porte. C'est un car privé.

— Je sais, mais... écoutez, monsieur, nous avons des ennuis, plaida Martin. Pouvez-vous nous emmener ? »

Le guide les toisa d'un regard dédaigneux.

« Je ne peux vous emmener si vous ne faites pas partie des Voyages Tomkins.

— Quelqu'un cherche à nous tuer.

— Eh bien, il ne le fera pas dans un car des Voyages Tomkins !

— Merci de votre bonté », grommela Martin alors que la porte de l'autocar se refermait devant leur nez avec un léger chuintement.

Et ils reprirent leur course. Une autre rue, une nouvelle cavalcade jusqu'en bas de la colline. Déjà, avec l'approche du soir, leurs ombres s'allongeaient. Leurs jambes ne leur obéissaient presque plus, ils titubaient. Un taxi les évita de justesse en klaxonnant furieusement.

Un nouveau square, désert celui-là à l'exception de deux vieilles femmes accroupies sur le trottoir près d'une échoppe de confiserie.

« Quel chemin prenons-nous ? demanda Pedro.

— Celui-là, décréta Martin en indiquant la droite.

— Mais, Martin, c'est une rue qui remonte...

— Je le vois. Pourtant... je ne peux pas l'expliquer mais je sais que nous devons aller par là. »

M. Tod et les Indiens atteignirent le square

quelques instants plus tard. Ils hésitèrent une seconde avant de repérer les deux garçons qui grimpaient péniblement la rue, comme dans un film au ralenti.

« Nous les tenons », murmura M. Tod.

Martin pouvait à peine marcher, à présent. Il leur fallait impérativement trouver une cachette où se reposer. Sur la gauche, un porche laissait entrevoir l'intérieur obscur d'une église. Martin n'hésita pas. Il traversa la rue en courant, suivi de Pedro.

Ce fut seulement en franchissant le porche qu'il comprit où ils se trouvaient. Coricancha, le Palais d'Or, jadis l'édifice le plus fabuleux de l'Empire inca ! Le lieu même de leur rendez-vous. Mais ils étaient en avance d'une heure.

Quatre mille prêtres avaient autrefois vécu ici, entourés de trésors. Puis les Espagnols étaient venus. Ils s'étaient emparés de tout ce qu'ils pouvaient transporter, ne prenant l'or que pour le fondre. Sur les ruines du temple inca, ils avaient ensuite bâti cette sinistre et horrible église.

Martin fit une halte pour reprendre son souffle. Ils se trouvaient dans une cour intérieure nue. Sur les côtés, protégés par des parois de verre, s'élevaient les anciens murs, uniques vestiges du temple inca.

Un corridor longeait l'un de ces murs et menait à une porte qui semblait ouvrir sur une terrasse extérieure. Martin s'y engagea dans l'espoir de découvrir sur l'arrière de l'église une issue qui leur permettrait de rentrer se réfugier à l'hôtel. Il était tellement obsédé par l'idée de trouver un abri sûr que le rendez-vous lui était complètement sorti de la tête.

Mais sa chance l'abandonna. D'un côté la terrasse était bordée par une palissade, de l'autre elle aboutissait à une impasse clôturée par trois hauts murs incas. Impossible de les franchir pour rejoindre la rue. Si M. Tod les surprenait ici, c'en était fini d'eux.

« Retournons sur nos pas, décida Martin. Nous trouverons bien une issue. »

Malheureusement, l'Allemand et les Indiens avaient déjà atteint la cour intérieure et leur bloquaient la sortie. Ils s'aperçurent pratiquement en même temps. Les sachant acculés, M. Tod ne se pressait pas. Un sourire cruel flottait sur ses lèvres.

« *Amigos !* »

Martin sursauta. Un homme avait surgi de nulle part et traversait la terrasse à leur rencontre. Il était vêtu d'un poncho rayé de couleurs vives ; un bonnet de laine lui recouvrait entièrement la tête et la nuque. D'où venait-il ?

« *Amigos*, répéta l'inconnu. Venez vite !

— Que signifie *amigos* ? murmura Martin d'un ton soupçonneux.

— Amis, évidemment, répondit Pedro.

— C'est bien ce que je me demande. »

Mais le temps pressait. Même s'il avait ralenti le pas pour savourer sa victoire, M. Tod n'allait pas tarder à les rejoindre. Martin et Pedro s'élancèrent à la suite de l'inconnu qui retraversa la terrasse jusqu'au coin de l'un des murs. Alors ils comprirent. Un pan du mur avait pivoté, révélant une porte secrète. Incroyable ! Il existait un passage percé dans la paroi et dissimulé par des pierres si bien ajustées que nul ne pouvait en soupçonner l'existence. Les rayons obliques du soleil couchant permirent à Martin de distinguer un escalier qui s'enfonçait sous l'ancien temple. Leur sauveur s'y était déjà faufilé et les attendait. Les deux garçons échangèrent un coup d'œil et lui emboîtèrent le pas.

Aussitôt, le mur se referma derrière eux et l'obscurité les engloutit.

11

SOUS LA MONTAGNE

« Ils doivent être là. Ils ne peuvent pas m'avoir échappé ! »

Martin retenait son souffle, figé dans l'obscurité. Il entendait M. Tod aussi clairement que s'il avait été en face de lui. D'ailleurs, ils étaient pratiquement face à face puisque seuls trente centimètres de mur les séparaient !

La fureur pétrifiait M. Tod, pourtant rien ne transparaissait sur les traits hideux de son visage, tant il était habitué à réprimer ses émotions. Les quatre Indiens fouillèrent tous les recoins de la terrasse sans aucun résultat. Les deux garçons semblaient s'être tout simplement volatilisés et l'Allemand dut se résigner à abandonner les recherches et à quitter les lieux. Le soleil se couchait derrière Cuzco et la douce lumière du soir enveloppait peu à peu la ville.

Dans le passage secret, Martin, Pedro et l'inconnu patientèrent encore cinq minutes, puis l'homme alluma une torche électrique.

« Suivez-moi, dit-il en éclairant les premières marches de l'escalier qui s'enfonçait au milieu de la muraille. Mais faites attention de ne pas tomber.

— Qui êtes-vous ? demanda Martin.

— Je m'appelle Tomac. Maintenant venez. »

C'est tout juste s'ils pouvaient passer. Plus ils descendaient, plus le poids de la roche devenait oppressant. Tout était noir. La torche éclairait à peine trois marches en avant. L'air était à chaque pas plus humide et froid. L'escalier paraissait sans fin. Martin n'avait pas la moindre idée de leur destination et il commençait à se demander s'ils n'étaient pas tombés dans un piège, lorsque Tomac s'arrêta et posa une main sur son bras. Ils avaient atteint les dernières marches.

Le faisceau de la torche balaya les parois d'une caverne circulaire d'où partaient trois galeries.

« Surtout restez près de moi, leur recommanda Tomac. Si vous vous perdez par ici, vous n'en sortirez pas vivants. »

L'avertissement était inutile. Pedro et Martin pénétrèrent à la suite de Tomac dans un labyrinthe souterrain formé d'innombrables coudes et galeries secondaires. Seuls, ils se seraient égarés en l'espace de dix secondes, mais leur guide indien n'hésita jamais.

Ils firent une halte au bout d'une demi-heure de marche. Alors qu'il se croyait à des centaines de mètres sous terre, Martin fut surpris d'apercevoir de la lumière filtrer dans le tunnel.

« Qu'en penses-tu ? chuchota-t-il à l'oreille de Pedro alors que Tomac se remettait en route.

— Cela ne me dit rien de bon.

— À moi non plus.

— De toute façon, nous n'avons pas le choix.

— Tu as raison, mais où crois-tu... »

Martin s'interrompit brusquement et se figea : ce qu'ils découvraient ne ressemblait en rien à ce qui avait précédé.

Le tunnel devenait subitement rectiligne et filait à perte de vue. Et, surtout, on y voyait comme en plein jour. Tous les vingt mètres environ, le long des parois, des petits feux brûlaient dans des coupelles d'argent, sans doute alimentés par une réserve d'huile. Cependant les murs eux-mêmes réfléchissaient la lumière : la galerie était tapissée de feuilles d'or.

Martin comprit ensuite qu'ils n'auraient pas à poursuivre le trajet à pied : deux Indiens et six mules les attendaient. À leur approche, les muletiers se prosternèrent. Martin et Pedro grimpèrent sur leurs montures, harnachées de couvertures chatoyantes en guise de selles. Tomac et les deux hommes les imitèrent. La sixième mule transportait des provisions et Charley, attaché aux rênes.

Ainsi commença un voyage que Martin n'oublierait jamais. L'une après l'autre, les lampes à huile éclairaient leur progression. Seul le martèlement des sabots sur le dur sol de pierre troublait le silence. Pendant les trois premiers kilomètres, le scintillement des murs d'or les éblouit. Puis le tunnel s'élargit et ils progressèrent au milieu de trésors fabuleux amoncelés le long des parois : vases, pichets, coupes, plateaux, statuettes, masques funéraires, poignards de cérémonie, mille objets précieux jadis utilisés par les Incas. Tout était d'or ou d'argent. Certaines pièces étaient incrustées de rubis, d'émeraudes, de turquoises. Même les réserves de Fort Knox n'auraient pu contenir autant de richesses.

Martin était trop fasciné par le spectacle pour se rendre compte qu'il frissonnait de froid. En revanche Tomac s'en aperçut et profita d'une nouvelle halte pour sortir des sacoches de la mule d'appoint deux superbes ponchos tissés de fils d'or sur un fond mauve.

« Couvrez-vous, dit-il en les offrant aux deux garçons. Nous allons bientôt quitter le tunnel et escalader la montagne par la Piste Inca.

— Qu'est-ce que la Piste Inca ? s'enquit Martin. Et où allons-nous ? »

Pour la première fois, l'Indien sourit.

« La Piste Inca est le sentier qui monte à Machu Picchu, expliqua-t-il. Beaucoup de touristes l'empruntent de nos jours. Mais ce passage-ci est secret. Il était réservé aux princes incas. »

Encore trois autres kilomètres et ils s'arrêtèrent. Les panneaux d'or sur les murs disparurent et l'obscurité les enveloppa à nouveau. Avec le faisceau de sa torche, Tomac éclaira un levier fixé dans la paroi et le tira vers lui.

Aussitôt un rai de lumière grise filtra dans la muraille, puis s'élargit à mesure que l'énorme bloc de pierre pivotait. Abandonnant leurs montures aux deux muletiers, ils sortirent à l'air libre. La porte secrète se referma derrière eux et, quand il se retourna pour l'examiner, Martin ne vit rien que le flanc d'une montagne plantée d'arbustes. Pas une seule fissure, pas une seule touffe d'herbe déplacée pour trahir le secret qu'elle renfermait.

Huit autres Indiens les attendaient sur le sentier. Ils s'inclinèrent devant Martin et Pedro en leur présentant deux litières.

« Nous vous porterons, expliqua Tomac. Les rois ne marchent pas.

— Les rois ? s'étonna Martin sans pouvoir retenir un sourire.

— Portez Charley si vous voulez, mais moi je marche, décréta Pedro.

— Moi aussi », l'approuva Martin.

Tomac glissa quelques mots aux Indiens avant de se retourner vers les deux garçons.

« Très bien. Marchez, mais mangez ceci, dit-il en leur offrant à chacun une poignée de feuilles roulées autour d'un petit caillou gris. Ce sont des feuilles de coca, précisa-t-il. Le caillou, nous l'appelons *llibta*. Mâchez bien. Cela vous aidera à marcher à cette altitude et à compenser le manque d'oxygène. »

Ils marchèrent. Le sentier zigzaguait à travers la végétation, s'enfonçait parfois sous des voûtes de feuillage, ou traversait des massifs d'arbustes fleuris. D'autres fois, il serpentait à découvert et Martin apercevait de loin en loin des guetteurs chargés de surveiller leur progression.

Il avança beaucoup plus prudemment quand le chemin se rétrécit brusquement pour longer un précipice de plusieurs centaines de mètres. Les Indiens, eux, marchaient d'un pas alerte, ignorants du danger.

Malgré l'effet énergétique des feuilles de coca, Martin sentit ses paupières s'alourdir lorsque le soleil se leva au-dessus de la montagne et que la chaleur s'accrut. Ses pieds étaient douloureux et il commençait à regretter son empressement à refuser la litière des Indiens. Heureusement ils s'arrêtèrent bientôt devant une volée de marches creusées dans le roc.

« Intipunku, annonça Tomac. La Porte du Soleil. Nous sommes presque arrivés.

— Richard ne croira jamais un seul mot de cette aventure », murmura Martin en hochant la tête.

Ils gravirent les marches et passèrent sous une arche branlante. De l'autre côté, en haut du versant, entouré par les ruines d'édifices incas, ils découvrirent Machu Picchu. La cité perdue des Incas. Nichée sur la crête, encadrée par deux pics montagneux acérés, se dressait une fantastique forteresse avec de solides murailles, des temples, des tours, des demeures. Elle était flanquée de terrasses étagées qui ressemblaient à d'immenses marches. Au centre de la cité brillait une lumière vive qui surplombait la place principale. Des centaines de personnes déambulaient sur les chemins ou sur les terrasses.

« Je croyais que Machu Picchu était fermé aux touristes ? s'étonna Martin.

— Ce ne sont pas des touristes, sourit Tomac. C'est mon peuple.

— Quel est ton peuple ? demanda Martin, bien qu'il eût déjà deviné la réponse.

— Nous sommes des Incas. »

Côte à côte, tous trois montèrent vers la foule qui les attendait.

12

LES DERNIERS DES INCAS

Le silence s'installa parmi la foule lorsque Martin et Pedro traversèrent la cité en ruine. Les Incas étaient plus d'un millier, tous vêtus de robes longues ou de tuniques aux couleurs chatoyantes, certains la tête ornée d'une coiffe, d'autres portant de lourds colliers d'or ou des anneaux aux oreilles. Deux rangs de soldats armés d'épées formaient une haie menant à un vaste escalier qui s'élevait jusqu'à un balcon allongé. Tomac s'arrêta au bas des marches. Les deux garçons se tournèrent vers lui, hésitants.

« J'attends ici, dit-il. Je veillerai sur le singe. Montez seuls. »

En haut des marches, Martin découvrit ce qu'il avait vu briller du bas de la colline. Il s'agissait d'un trône d'or massif qui étincelait au soleil, avec un condor sculpté sur le dossier et des serpents sur les pieds et les accoudoirs. Deux autres trônes l'encadraient, plus simples et en argent. Un peu en retrait, un vieil homme les observait approcher.

Il portait une couronne décorée de trois rangées de guerriers sculptés. De lourds colliers d'or paraient son cou, des disques d'or pendaient à ses oreilles, et des bracelets d'or lui encerclaient les bras. Il était vêtu d'une tunique brodée de petits carrés de métal précieux. Sa peau était ridée et cuivrée par le soleil.

« Bienvenue », dit-il en levant les bras.

Martin fut incapable de déterminer quelle langue il parlait, pourtant ni lui ni Pedro n'éprouvèrent de difficultés à le comprendre.

« Qui êtes-vous ? questionna Martin.

— Je suis Roca, Prince du Soleil, empereur des Incas. Jadis mes ancêtres régnaient sur un vaste empire, aujourd'hui il ne me reste que quelques sujets. Ils sont tous là, ajouta-t-il avec un mouvement de bras vers la foule. Ils sont venus de toute l'Amérique du Sud, des villes où ils sont obligés de travailler. Mais tous, hommes et femmes, sont de véritables Incas au sang pur.

— Que voulez-vous de nous ?

— Tout sera expliqué, sourit le vieil homme. Je vous en prie, asseyez-vous. »

Instinctivement, Martin se dirigea vers le trône d'argent le plus proche mais quelque chose au fond de lui l'arrêta. Il se tourna vers Pedro qui lui adressa un léger signe d'encouragement. Alors, lentement, délibérément, Martin se hissa sur le trône d'or. Aussitôt un cri jaillit de la foule, un cri qui enfla et dont l'écho se répercuta dans la montagne. Pedro s'assit près de Martin. De leurs trônes, les deux amis surplombaient une large pelouse carrée qui les séparait des Incas, maintenant silencieux sur les terrasses. Seul le Prince du Soleil resta debout. Il avança d'un pas et, d'une voix forte et claire, commença à parler.

« Il y a quatre cent cinquante ans, commença-t-il, l'un des plus puissants empires ayant jamais existé s'écroulait. Avec l'invasion des conquistadors venus d'Espagne, tout ce pour quoi nous avions vécu fut détruit. Nos cités furent réduites en cendres, nos trésors pillés, nos temples profanés, nos terres saisies et nos anciens droits usurpés. Ainsi débuta pour nous l'ère des grandes ténèbres.

« Aujourd'hui, le glorieux monde inca se réduit à un simple souvenir. Nos cités sont des ruines, de simples vestiges offerts à la curiosité des touristes. Notre art est enfermé dans les musées. Et nous, descendants des Incas, sommes forcés de tenir secrète notre existence même. Nous n'avons pas de place dans le monde moderne. Nous n'employons nos vrais noms qu'en cachette. Nous sommes les derniers des Incas ! » ajouta Roca d'une voix forte.

Puis il se tut. La foule était attentive, immobile. Seul le bruissement de la brise dans l'herbe troublait le silence.

« Mais nous n'avons pas perdu notre force, reprit le vieil homme en se tournant vers les deux garçons. Vous n'avez entrevu qu'une partie de notre monde secret, une fraction du trésor que nous avons soustrait aux Espagnols. Nous nous sommes rassemblés, aujourd'hui, pour nous montrer à vous. Ainsi, lorsque le combat ultime aura lieu, vous saurez que vous pouvez compter sur nous.

« Un monde nouveau va naître, poursuivit Roca à l'adresse de son peuple. Un monde dans lequel nous regagnerons la place qui nous revient de droit. Notre société pourra à nouveau s'épanouir, avec nos lois, notre justice, notre paix. Cependant il faudra lutter pour y parvenir, et nos ennemis sont plus dangereux que les conquistadors... Les Anciens. Leur nom nous est connu depuis toujours. Ils cherchent à détruire le monde nouveau avant même qu'il soit né. Et ils sont ici, au Pérou.

« Quand le soleil se sera levé et couché trois fois, les Anciens franchiront la porte érigée au commencement du monde pour les refouler. Un garçon se dressera contre eux et, seul, il tombera. C'est ce que nos sages, les *amautas*, ont prédit. Ils ont lu les signes dans le ciel et sur la terre. La pluie tombe là où elle ne devrait pas tomber et il y a trop d'étoiles. Un terrible désastre menace, qui réduira peut-être tous nos espoirs à néant. Un garçon se dressera contre les Anciens et, seul, il tombera. Ainsi ont parlé les *amautas*. »

Un murmure parcourut la foule des Incas. Martin et Pedro échangèrent un regard. « Un garçon, seul... » avait dit l'Inca. Mais lequel ?

« Cependant, reprit Roca, tout n'est pas perdu. Cinq garçons les ont vaincus à l'aube des temps, cinq autres les vaincront encore. Telle est l'ancienne prophétie. Martin Hopkins est le premier des Cinq. Son pouvoir l'a mené jusqu'au deuxième, Pedro, qui est aussi notre roi. Trois autres restent à trouver. Car ils n'auront le pouvoir de vaincre que s'ils sont tous les cinq réunis. Alors seulement aura lieu le grand combat. Alors seulement naîtra le monde nouveau... Mais aujourd'hui est jour de fête. Réjouissons-nous. Car si de terribles dangers nous menacent, aujourd'hui nous avons retrouvé notre roi. Le premier des Cinq l'a conduit jusqu'à son peuple. Qu'importe ce qui arrivera demain, aujourd'hui l'Empire inca est vivant. »

Aussitôt la musique éclata. On apporta des tables et des chaises sur la grande pelouse, on dressa des dais pour se protéger du soleil. De grands feux de bois furent allumés sous des chaudrons et l'air se remplit bientôt d'odeurs appétissantes tandis que des plats de viande et de légumes circulaient de table en table. Les rires fusaient. La fête commençait.

Étourdi par le vin de maïs ou par la folle exubérance des Incas, Martin vit défiler l'après-midi avec l'impression de voltiger dans le « grand 8 » d'une fête foraine. Il écouta des chants vantant les exploits de guerriers incas. Il mangea des fruits tropicaux et des gâteaux. Le vin coulait à flots. Lentement le soleil s'évanouit derrière le pic émeraude qui dominait la cité, teintant le paysage de reflets rougeoyants.

Les deux amis s'étaient trouvés séparés au cours du banquet. Quant à Charley, il dormait dans un coin, gavé de nourriture. Quand tomba la fraîcheur du soir, Martin partit à la recherche de son ami et le découvrit en grande conversation avec Roca. Le vieil homme l'invita d'un geste amical à s'asseoir avec eux.

« Pedro me racontait vos aventures, expliqua-t-il en souriant.

— Peut-être pouvez-vous nous aider ? J'ai ici la page du...

— Non, Martin, l'arrêta le vieil homme. Ce n'est ni le lieu ni l'heure. Et je ne suis pas la personne qu'il vous faut. L'archéologue, le professeur Chambers, vous viendra en aide. Chambers détient les réponses aux questions que vous vous posez. Je lui ai envoyé des messagers. Le professeur sera à Cuzco demain pour vous rencontrer.

— Puis-je poser une question ? intervint Pedro.

— Je t'écoute.

— Toute cette histoire à propos des Anciens, je comprends à peu près. C'est-à-dire que... je sais que Martin est spécial. Mais moi ? Vous dites que je suis votre roi et pourtant je ne connaissais rien des Incas avant aujourd'hui. Comment puis-je être votre roi ?

— Je vais te répondre, Pedro, mais sache que tu n'en seras pas plus sage. Laisse-moi d'abord te raconter l'histoire de notre peuple à son début. La légende dit que, au commencement, il y a des milliers d'années, tout n'était que ténèbres. La terre était nue et les hommes vivaient comme des bêtes. Puis le père de toutes choses, que nous appelons Viracocha : le Soleil, décida d'envoyer son fils sur terre pour enseigner aux hommes comment vivre mieux, comment cultiver les champs, comment bâtir des maisons.

« Ainsi, Manco Paca, le fils du Soleil, se leva des eaux du lac Titicaca. Il était le premier Inca. Manco parcourut le monde avant d'arriver dans la vallée de Cuzco. Là, il plongea son bâton d'or dans la terre, car c'était le lieu qu'il avait choisi pour fonder l'Empire inca.

« Pendant des années, il régna avec sagesse et autorité, avant de remonter aux cieux. C'est alors que l'on grava son portrait sur un disque d'or. Ce trésor, pour nous le plus précieux de tous, fut appelé Soleil de Viracocha. Lors de l'invasion des conquistadors, le disque d'or fut caché et nul ne le trouva en dépit des nombreuses recherches. »

Roca s'interrompit alors pour lever le bras. À l'extrémité de l'esplanade, deux rangs de soldats se mirent en marche, portant des flambeaux. Huit autres apparurent derrière eux, ployant sous le poids d'une grande litière. Un objet plat et circulaire était posé dessus, couvert d'un voile. Le silence se fit et, partout, les têtes se tournèrent pour suivre la procession. Les porteurs s'arrêtèrent à quelques mètres de Pedro. Puis, sur un geste de Roca, le trésor fut dévoilé.

Pendant un instant, Pedro fut aveuglé. L'or étincelait de mille feux. Le disque figurait un soleil, avec des flammes d'or qui se tordaient tout autour du cercle. Pedro cligna des yeux et se frotta les paupières. Peu à peu il discerna les traits du visage gravé sur la surface. C'était un visage familier, mais il lui fallut encore une longue minute avant d'en prendre pleinement conscience.

« Voilà ta réponse, dit Roca.

— Non... », murmura Pedro.

Pourtant il n'y avait aucun doute possible. Ce que Pedro contemplait était son propre portrait.

13

LE PROFESSEUR CHAMBERS

Le lendemain matin, Roca accompagna Martin, Pedro et Charley à la gare construite au pied de Machu Picchu.

« La voie est rouverte aux touristes, expliqua-t-il. Vous redescendrez à Cuzco par le train.

— Je préférerais voyager sous bonne garde, grimaça Martin.

— Il n'y a aucun danger, le rassura le vieil homme. Des messagers m'ont informé que l'Allemand était reparti pour Lima. Et il ne servirait à rien de vous escorter. En cas de besoin, utilisez ceci pour nous contacter, conclut-il en lui tendant un bout de papier.

— Un numéro de téléphone ? » s'exclama Martin.

Roca esquissa un sourire.

« Les Incas non plus ne peuvent ignorer le progrès.

Téléphonez à ce numéro et on me transmettra le message. N'hésitez surtout pas à appeler. »

L'Inca attendit avec eux dans la gare déserte jusqu'à ce qu'un grondement annonce l'arrivée du train.

« Je dois vous quitter à présent, mais nous nous reverrons », promit-il avant de s'éloigner.

Au moment de grimper dans le wagon, Martin et Pedro se retournèrent pour lui adresser un dernier signe d'adieu, mais le vieil homme avait déjà disparu.

Le train était pratiquement vide. Les deux amis étaient assis face à face, Charley roulé en boule entre eux, sur la tablette.

« Quel est le programme, une fois en ville ? questionna Pedro.

— Rencontrer Chambers, répondit Martin. Tomac m'a donné le nom de l'hôtel où nous devrions le trouver. Le *Familiar*. »

Les deux garçons étaient trop fatigués pour poursuivre la conversation. Pedro ne tarda pas à s'endormir, les rêves peuplés de disques d'or gravés à son effigie... Martin résista un peu plus longtemps au sommeil. Les paroles du vieil Inca l'obsédaient : « un garçon se dressera contre eux... seul, il tombera ». Il tombera... il tombera... il tombera... Les roues du train scandaient ces deux mots.

Il restait tout juste trois jours.

*

* *

L'attaché d'ambassade jeta un paquet de cigarettes sur la table.

« Ce n'est pas bon pour votre santé, remarqua-t-il.

— C'est le Pérou qui est mauvais pour ma santé, rétorqua Richard en allumant fébrilement une cigarette. Quelles sont les nouvelles ?

— Mauvaises, je le crains, soupira M. Knights. L'ambassade ne peut rien pour vous.

— Pourtant je vous ai tout expliqué.

— C'est exact. Une histoire sensationnelle ! Un camion-citerne qui roule tout seul, un assassin allemand, des démons, des moines fous, et je ne sais quoi encore ! Si l'ambassadeur de Grande-Bretagne vous venait en aide avec une histoire pareille, il finirait probablement lui aussi derrière des barreaux. Dans un asile de fous ! »

Richard croupissait en prison depuis près d'une semaine, maintenant. Très amaigri, échevelé, il ressemblait davantage à un épouvantail qu'à un journaliste. Il avait les yeux rouges et bouffis par le manque de sommeil. Comment dormir tranquillement quand un fou meurtrier partage votre cellule ?

« Si seulement nous possédions des éléments plus... plausibles, reprit M. Knights. Par exemple, si vous nous disiez ce que faisait ce Martin Hopkins dans les bureaux de Tovar...

— Je vous ai déjà répondu ! le coupa Richard. TC Lima, voilà la piste. Tovar doit être mêlé à cette affaire.

— C'est ridicule ! protesta le fonctionnaire de l'ambassade. Victor Valenzuela de Tovar est l'un des hommes les plus respectés de ce pays. Son entreprise a accompli davantage pour moderniser le Pérou que toutes les autres réunies. Ainsi, hier, un tout nouveau satellite a été mis sur orbite, financé par M Tovar. Sans lui, le téléphone n'existerait probablement pas au Pérou, et encore moins les fusées spatiales ! Croyez-moi, monsieur Cole, Victor Valenzuela de Tovar est considéré comme un saint par ses concitoyens. »

Richard fuma en silence pendant un instant, puis il se pencha vers son interlocuteur en brandissant sa cigarette.

« Écoutez-moi, monsieur Knights. Vous m'avez demandé la vérité, je vous l'ai exposée. Un de ces jours prochains, les Anciens vont s'introduire ici de force et ce sera la fin. Martin se trouve seul quelque part et il a besoin de moi. Vous devez absolument me faire libérer, par n'importe quel moyen.

— Impossible ! s'emporta M. Knights. Vous ne comprenez donc pas ? Tant que vous ne fournirez pas une explication plausible, vous resterez enfermé. Vingt ans, monsieur Cole. C'est le tarif pour le trafic de drogue. Et nous ne pouvons rien pour vous.

— Alors tout repose sur Martin, soupira Richard en fermant les yeux. S'il échoue, tout est perdu. »

*
* *

Le *Familiar* était situé à dix minutes environ de la plaza de Armas. C'était un hôtel propre et accueillant, bâti sur deux étages entourant un jardin fleuri. Près de l'entrée principale, une porte menait à un petit salon-bar qui servait aussi de réception. Il était dix heures du matin lorsque Martin et Pedro y pénétrèrent. Il faisait déjà très chaud.

Le salon était désert, à l'exception de deux personnes qui se faisaient face de chaque côté du comptoir, penchées sur des pâtisseries-maison. L'une était un employé, l'autre une dame anglaise. Nul n'était plus déplacé qu'elle dans ce cadre exotique de la capitale de l'Empire inca.

Malgré la chaleur, elle portait un tailleur de tweed démodé avec un chemisier blanc boutonné jusqu'au menton. C'était une femme incroyablement corpulente, avec des jambes massives et une poitrine qui semblait se prolonger jusqu'à ses cuisses sans la moindre ébauche de taille. Ses cheveux tirés en chignon étaient bruns et gris, mais surtout décolorés par le soleil. Son visage dépourvu de tout maquillage était tanné et buriné. Martin lui donna une cinquantaine d'années, bien que sa voix fût celle d'une jeune femme.

Elle s'exprimait couramment en espagnol, avec cependant un fort accent anglais, et elle accompagnait ses paroles de mouvements de mains virulents. Martin attendit poliment qu'elle eût fini de parler mais, comprenant que cela risquait de s'éterniser, il se résolut à lui couper la parole.

« Excusez-moi... », commença-t-il à l'intention de l'employé.

La grosse dame se retourna pour le toiser d'un air offusqué.

« Je suis en train de parler, jeune homme.

— Désolé, madame, mais c'est important. Avez-vous parmi vos clients un certain professeur

Chambers ? » poursuivit-il à l'adresse de l'employé de l'hôtel.

La grosse dame toussa bruyamment.

« JE SUIS le professeur Chambers », annonça-t-elle.

Martin la contempla, bouche bée.

« Cessez de bâiller ainsi, jeune homme. Que voulez-vous ?

— Eh bien... »

Voyant son ami dans l'embarras, Pedro s'avança pour lui venir en aide.

« Nous nous attendions à...

— Un homme ! renifla la grosse dame. Typique ! Eh bien, je suis quand même le professeur Chambers et, si vous comptez me parler, il faudra vous y faire ! J'ai dû quitter des fouilles importantes et je n'ai pas l'intention de m'attarder ici. Qui êtes-vous, tous les deux ?

— Je m'appelle Pedro.

— Et moi Martin.

— Ravie de vous connaître. »

Le professeur Chambers passa sa commande à l'employé qui s'empressa de préparer un plateau de pâtisseries et du café pour trois, pendant qu'elle entraînait les deux garçons à une table. Ce fut ce moment que choisit Charley pour bondir de l'épaule de Pedro sur celle du professeur et lui tirer le nez.

« Suffit ! s'écria-t-elle, tandis que Pedro se précipitait pour récupérer son singe. Quelle horrible créature ! Et mal élevée ! »

Pedro alla attacher Charley à une table voisine pendant que Martin se confondait en excuses. Heureusement, le serveur apporta le café et trois larges parts de gâteau au chocolat, et la grosse dame retrouva sa bonne humeur. Comme les deux garçons allaient bientôt le découvrir, elle possédait un appétit phénoménal.

« Comme je vous l'expliquais avant que ce vilain mammifère ne m'attaque, on m'a rappelée hier soir d'un important site archéologique à l'extérieur de Cuzco. À en croire le message que j'ai reçu, une affaire d'une extrême urgence réclamait ma présence en ville.

— C'est exact, acquiesça Pedro.

— Est-ce vous qui avez envoyé le message ? questionna le professeur Chambers en piquant sa fourchette dans un gros morceau de gâteau.

— Non, un ami à nous, rectifia Martin.

— Et en quoi deux gosses dépenaillés comme vous peuvent-ils être mêlés à une affaire urgente qui me concerne ?

— C'est une longue histoire, répondit Pedro.

— Très bien. Dans ce cas... commandons d'autres pâtisseries ! »

Martin dut encore raconter son histoire. Mais, cette fois, il en élimina les éléments les plus fantastiques, convaincu que le professeur ne le croirait pas. Il commença avec la salle des ventes et le meurtre de l'antiquaire, décrivit son arrivée à Lima avec l'arrestation de Richard et sa rencontre avec Pedro, puis termina avec leurs aventures dans les bureaux de Tovar et la découverte de la photocopie. En revanche, il ne fit aucune allusion aux Incas ni à son étrange pouvoir.

Le professeur Chambers l'écouta en silence, en ponctuant parfois son récit de ah ! et de oh ! étonnés, mais il suffisait de l'observer pour deviner qu'elle ne mettait pas sa parole en doute. Manifestement, elle connaissait les Anciens, au moins de nom. Les explications de Martin la plongèrent dans de profondes réflexions, qui ne l'empêchèrent toutefois pas de dévorer son gâteau avec entrain. Quand Martin eut terminé, personne ne dit mot pendant un moment.

« Quelle histoire, en effet ! s'exclama enfin le professeur Chambers.

— Elle est véridique, insista Pedro.

— Peut-être, mais incomplète. Vous ne m'avez pas tout raconté, n'est-ce pas ?

— Non, en effet, admit Martin.

— Nous y reviendrons plus tard. Occupons-nous d'abord de la page du livre. Vous avez la copie sur vous ?

— La voilà », répondit Martin en sortant le papier de sa poche.

Le professeur Chambers déplia la feuille et l'examina attentivement.

« Oui, murmura-t-elle en hochant la tête. C'est bien ce que je pensais. Nous devons partir pour Nazca.

— Nazca ? répéta Pedro.

— Quand ? renchérit Martin.

— Immédiatement. J'ai un avion privé à l'aéroport de Cuzco. Et, bien que je ne sois qu'une simple femme, ajouta-t-elle avec un coup d'œil sévère à l'adresse de Pedro, je suis un pilote qualifié. Partons sans perdre de temps. Mais je vous préviens, si votre insupportable petit singe s'approche de moi, je l'éjecte ! »

*
* *

L'avion du professeur Chambers était un Cessna à cinq places. La tour de contrôle tarda à leur donner l'autorisation de décoller. Ils auraient patienté longtemps à l'aéroport de Cuzco, si le professeur n'avait résolu la question en manœuvrant son avion sur la piste d'envol sans tenir compte des ordres. Le Cessna décolla tandis que les protestations des aiguilleurs grésillaient sur la radio de bord.

Le vol dura trois heures. Avec le bruit du moteur, il était difficile d'entretenir une conversation et les deux garçons en profitèrent pour se reposer. À l'approche de leur destination, alors que les Andes disparaissaient derrière eux, le professeur les secoua énergiquement.

« Regardez par le hublot ! cria-t-elle.

— Quoi ? » demanda Martin qui ne voyait rien d'autre que le désert.

Le professeur poussa le manche et l'appareil piqua en avant.

« Ce sont les Lignes de Nazca, expliqua-t-elle. Le but même de votre voyage au Pérou. »

Martin avait beau écarquiller les yeux, il ne distinguait toujours rien. Puis, tout à coup, il retint sa respiration. Il y avait une ligne, tracée sur le sol, qui filait tout droit, à perte de vue. L'avion vira sur l'aile et Martin discerna, cette fois, un gigantesque quadrilatère de plus d'un kilomètre de long, un peu plus court sur l'un des côtés. Pedro, qui regardait par le hublot opposé, tira Martin par la manche. De ce côté on apercevait d'autres lignes, droites comme des flèches, courant dans toutes les directions, qui se croisaient et se recroisaient. Martin contemplait le spectacle, bouche bée. Le désert tout entier était couvert d'un gigantesque graffiti.

Comme l'avion effectuait un nouveau virage, Martin remarqua un dessin encore plus impressionnant. Il crut d'abord que son imagination lui jouait des tours, mais il s'agissait bien de la forme d'un oiseau géant avec ses ailes déployées. D'autres lignes troublaient la silhouette, comme si quelqu'un avait cherché à la brouiller, mais il n'y avait pas d'erreur possible.

Peu à peu, une fabuleuse ménagerie apparut à la surface du désert, chaque animal étant parfaitement dessiné. Un singe, avec sa queue en spirale, une baleine, un condor, et une monstrueuse araignée. Plus loin l'avion survola une forme floue avec une main tendue qui en sortait, tout près du ruban rectiligne de la route moderne qui traversait le désert. Qui avait tracé ces dessins ? De quelle fantastique imagination étaient-ils nés ? Et pourquoi ?

Le professeur Chambers vira de bord et, vingt minutes plus tard, l'avion atterrissait à Nazca. L'aérodrome se réduisait à une simple piste cahoteuse et deux hangars.

« Eh bien, qu'en pensez-vous ? demanda le professeur en coupant les gaz.

— Je... je ne comprends pas, murmura Martin.

— C'est simple. Vous disiez être venu au Pérou dans le but de découvrir une porte. Ce que vous venez d'admirer sont les Lignes de Nazca. Si votre porte existe réellement, c'est ici qu'il faut la chercher. »

14

LES LIGNES DE NAZCA

Le professeur Chambers vivait dans l'une des plus belles maisons que Martin eût jamais vues, au milieu d'un parc, juste à la sortie de la ville de Nazca. Des fleurs s'épanouissaient dans des vasques et des arbres exotiques jetaient un ombrage rafraîchissant sur les pelouses. Un lama et deux chèvres s'ébattaient librement dans les jardins et des dizaines d'oiseaux emplissaient le ciel de leurs multiples couleurs et de leurs chants. La villa était scindée en deux. L'archéologue habitait un bâtiment blanc, bas, avec un ample toit de tuiles vertes et une véranda à colonnades. Le second bâtiment, réplique réduite du premier, était séparé par un ruisseau et réservé aux invités. Un mur blanc encerclait la propriété dans laquelle on pénétrait par un portail, au bout d'une allée sinueuse.

« Comment pouvez-vous vous offrir une villa pareille ? s'exclama Pedro... À moins que ma question soit indiscrète, se reprit-il vivement.

— En effet, ta question est indiscrète, grogna le professeur Chambers. Mais je vais quand même te répondre. Je suis logée aux frais du gouvernement péruvien, en récompense de services rendus en matière d'archéologie, et particulièrement de mes travaux sur les Lignes de Nazca.

— Les Lignes de Nazca..., murmura Martin en écho.

— Exactement. Je crois qu'il est temps de vous éduquer un peu, tous les deux. Très franchement, je m'étonne que vous n'en ayez jamais entendu parler. Tout de même, ce site fait partie des merveilles de l'Ancien Monde ! »

Ils s'assirent tous les trois sous la véranda qui surplombait les jardins. Sur l'ordre de la maîtresse de maison, Charley avait été enfermé dans une pièce. Elle ouvrit une mallette rebondie dont elle sortit un feuillet qu'elle tendit aux deux garçons.

« C'est une coupure de presse, expliqua-t-elle. Cela vous servira d'introduction. Lisez et enregistrez ! »

Pedro et Martin se penchèrent studieusement sur l'article.

LE MYSTÈRE DES LIGNES DE NAZCA

Stonehenge, les Pyramides, le Loch Ness... même au vingtième siècle, notre monde recèle encore des mystères : phénomènes naturels ou nés de la main de l'homme que la science ne peut expliquer. Parmi ces énigmes, la plus déroutante et la plus singulière est sans doute celle des Lignes de Nazca.

Le désert de Nazca est un vaste plateau aride. C'est là que, environ 200 ans avant J.-C., les Indiens de Nazca tracèrent dans le sol une série de dessins extraordinaires. Les plus beaux représentent des animaux : une baleine, un condor, un singe, un oiseau-mouche de deux cents mètres d'envergure, et une gigantesque araignée. À côté on trouve des triangles, des spirales, des étoiles ainsi que des centaines de lignes parfaitement droites, certaines s'allongeant sur plus de trente kilomètres.

Le mystère prend toute son ampleur lorsque l'on s'aperçoit que les Lignes de Nazca ne sont visibles que du ciel. En réalité, on ne les découvrit qu'en 1927 lorsque le premier aéroplane du Pérou survola la région. Or, les auteurs de ces dessins ne possédaient pas d'aéroplane ! Pourquoi s'amusèrent-ils à tracer des lignes et des images que personne ne pouvait admirer ?

Diverses théories ont été avancées. Pistes d'atterrissage pour des vaisseaux spatiaux provenant d'autres planètes. Œuvres d'art offertes aux anciennes divinités. Symboles religieux. De nombreux experts y ont également vu un rapport avec les astres, et peut-être un moyen de prévoir les saisons. En tout cas, personne n'a de certitude.

Aujourd'hui les touristes survolent les lignes en avion pour le seul plaisir de contempler leur taille et leur beauté, pendant que chercheurs, archéologues, astronomes consacrent des heures, des semaines, des mois, à percer leur secret. Une femme, l'archéologue anglaise Augusta Chambers, a passé dix-sept ans de sa vie à les étudier. Pourtant, en dehors de sa conviction que les dessins représentent un avertissement prophétique, Mme Chambers n'a élaboré aucune thèse définitive.

La chance veut que les conditions climatiques extrêmement sèches de Nazca aient préservé les lignes jusqu'à ce jour. Mais nous ne savons toujours pas de quand elles datent exactement, ni comment elles ont été tracées. Toutefois, la plus grande énigme reste le pourquoi de leur existence.

« Vous commencez à comprendre ? demanda Augusta Chambers.

— Les traits sur la page, murmura Martin.

— Bravo ! Les traits sont le détail d'une partie des Lignes de Nazca.

— D'accord, mais quelle partie ? intervint Pedro.

— C'est simple, répondit le professeur. Le poème vous fournit la réponse. La place de Qolca... Vous l'avez aperçue tout à l'heure. Qolca est un mot de l'ancienne langue parlée au Pérou qui signifie grenier. Et c'est le terme donné au grand rectangle que nous avons survolé.

— "Devant la place de Qolca...", relut pensivement Martin. Cela signifie que la porte doit se trouver devant le rectangle ! »

Le professeur secoua la tête.

« Il n'y a pas de porte dans le désert. Il n'y a pas de pierres dressées, ni d'édifices. Il y a juste le sable et les lignes.

— Que signifie le scorpion ? questionna Pedro en pointant la première ligne du poème.

— Encore une autre énigme. Les lignes figurent toutes sortes d'animaux, mais pas de scorpion.

— Vous en êtes certaine ? » insista Martin.

Le professeur Chambers le toisa d'un air outré.

« Mon garçon, le jour où j'ai commencé mes recherches sur les Lignes de Nazca, tu n'étais pas né ! Bien sûr que j'en suis certaine !

— Excusez-moi », marmonna Martin.

Augusta sortit alors un sandwich de sa mallette et le dévora en trois bouchées.

« Écoutez-moi, reprit-elle. Je suis l'expert des Lignes de Nazca. J'ai publié quatre ouvrages sur le sujet. Et, surtout, j'ai passé ces dix dernières années à protéger le site. Vous devez comprendre que ces dessins n'ont survécu que parce que l'on ignorait leur existence. C'est du moins ce que j'ai toujours cru. Votre moine fou est tombé dessus par hasard. Quoi qu'il en soit, tout a changé avec l'apparition de l'avion. De nos jours, des milliers de touristes viennent admirer les merveilles de Nazca. Livrés à eux-mêmes, ils se précipiteraient pour les piétiner sans imaginer que leurs empreintes détruiraient tout... C'est la raison pour laquelle j'habite Nazca, et c'est également pourquoi le gouvernement me paie pour que j'y reste : j'ai, jusqu'à aujourd'hui, protégé les lignes. Des gardes obéissent à mes ordres et surveillent les lieux. Il est interdit de marcher dans le désert sans mon autorisation.

— Dans le bureau de Tovar, à Lima, ils avaient l'air de craindre votre retour, intervint Pedro.

— Cela ne m'étonne pas, soupira l'archéologue. Tovar espérait sans doute examiner les lignes de près et il était obligé d'attendre que je m'absente.

Quand j'ai le dos tourné, les gardes sont plus faciles à corrompre.

— Mais si la porte n'est pas dans le désert, qu'espérait y trouver Tovar ? observa Martin.

— Je l'ignore, avoua Augusta Chambers. Mais plus vite nous le découvrirons, mieux cela vaudra. Il nous reste à peine trois jours...

— Comment savez-vous qu'il nous reste trois jours ? l'interrompit Martin d'un ton suspicieux.

— C'est écrit dans le poème, Martin. Inti Raymi.

— Qu'est-ce que cela signifie ?

— C'est l'une des plus grandes fêtes du Pérou, qui se tient au moment du solstice d'été, quand le soleil est le plus bas sur la ligne d'horizon, dans l'hémisphère sud. Le 24 juin. Et nous sommes aujourd'hui le 21 juin. Trois jours... J'ignore ce qui nous attend à Qolca, mais mieux vaut l'apprendre vite. »

*

* *

« Martin Hopkins, murmura M. Tod d'un ton venimeux. Ce gosse doit avoir un ange gardien. J'aurais pu lui briser le cou à Londres, et à Cuzco...

— À Cuzco il vous a échappé, l'interrompit Victor Valenzuela de Tovar. Deux garçons dans une petite ville ! C'était un travail simple, et vous l'avez raté.

— La prochaine fois...

— Il n'y aura pas de prochaine fois ! »

L'homme d'affaires sourit. Deux taches étaient apparues sur ses joues.

« Mais...

— Martin Hopkins ne peut rien faire. J'ai vérifié et re-vérifié mes calculs, le scorpion d'or est pleinement opérationnel, expliqua-t-il avec un rire bref. Oubliez Martin Hopkins, monsieur Tod.

— Et s'il rencontre Chambers ? Et s'ils vont dans le désert ?

— Alors ils mourront, rétorqua Tovar en baissant la voix bien qu'il fût seul dans la pièce avec l'Allemand. Les Anciens ont d'autres serviteurs, monsieur Tod, et tous ne sont pas humains. Finalement, j'espère que Martin Hopkins se rendra dans le désert, devant la place de Qolca. Car il se trouvera précisément sur le seuil de la porte, et donc très très près des Anciens. Les Anciens l'élimineront, monsieur Tod, une bonne fois pour toutes. »

15

SUR LE SEUIL

Martin ne distinguait rien, pas même le grand rectangle qui pourtant commençait à quelques mètres devant lui. Au niveau du sol on ne voyait qu'un plateau, une *pampa* ainsi que l'appelait le professeur Chambers. Rien n'accrochait l'œil à des kilomètres à la ronde, sauf le vague contour d'une chaîne de montagnes, au loin, brisée au milieu par une sorte de trouée.

En revanche ils ne pouvaient douter que quelqu'un les eût précédés. Le désert était comme la lune. La moindre marque y restait gravée. Les sillons parallèles des roues d'une voiture, suivis d'empreintes de pas, les guidaient aisément. Et, malgré les efforts des visiteurs pour camoufler leur travail, on repérait nettement un large carré blanc contrastant avec le gris environnant, une surface où le sable avait été retourné.

À présent Martin et Pedro creusaient à leur tour pour mettre au jour ce que les hommes de Tovar avaient déniché avant eux. Bien que le soleil eût commencé à décliner, il faisait encore une chaleur accablante. La poussière leur rentrait dans la gorge, dans les yeux, dans les cheveux. La sueur traçait sur leurs visages des sillons crasseux. Mais le sable, bêché peu avant, se travaillait facilement. En une heure à peine, ils avaient déjà creusé une tranchée d'un mètre de profondeur. Pendant ce temps le professeur Chambers avait monté deux tentes et préparé un feu de camp avec du bois apporté de Nazca. Ils pourraient ainsi dormir sur place et poursuivre le travail le lendemain matin.

« Et on ne paresse pas ! » les encouragea Augusta Chambers en fixant les dernières cordes de la seconde tente.

Martin poussa un grognement et enfonça sa pelle. Il y eut un bruit métallique. Pedro, qui travaillait un peu plus loin, redressa la tête et vint l'aider à déblayer le sable.

Peu à peu un socle carré et plat apparut. Il s'agissait d'une plate-forme en briques, décorée en son centre d'un dessin que le professeur Chambers examina avec attention.

« Je suppose qu'il s'agit du signe dont tu m'as parlé ? C'est le signe des Anciens, n'est-ce pas ?

— Oui, c'est le signe des Anciens », murmura Martin en frissonnant.

Il avait froid tout à coup.

« Sur quoi est-il gravé ? demanda Pedro.

— Une dalle d'environ... trois mètres carrés, estima l'archéologue. Les briques sont faites d'andésite. C'est la lave des Andes. Rien de curieux à cela. En revanche le dessin m'intrigue.

— Avez-vous une idée de ce qu'il fait à cet endroit ? s'enquit Martin.

— Une idée, oui, murmura-t-elle en frissonnant à son tour. Allumons le feu et discutons. »

Dix minutes plus tard, tous trois étaient assis en tailleur autour du feu de camp, une tasse de thé à la main. À l'exception du crépitement des flammes, un silence impressionnant enveloppait le désert.

« Je vais tâcher de vous présenter les choses simplement, bien qu'elles soient sacrément compliquées, commença le professeur. Vous connaissez désormais le mystère des Lignes de Nazca, maintenant laissez-moi vous exposer l'une de mes hypothèses. Je lui ai consacré un livre, il y a de nombreuses années. Peut-être Tovar l'a-t-il lu. Peut-être, en un sens, suis-je responsable de ce qui arrive.

— Expliquez-vous, professeur, l'encouragea Martin avec impatience.

— Comme je vous le disais, j'étudie ce site depuis plus de dix-sept ans. Au début, il s'agissait d'un intérêt purement professionnel. Puis, le temps passant, j'en suis venue à croire qu'il y avait quelque chose de diabolique dans toutes ces lignes. Les figures d'animaux sont superbes, c'est vrai, mais je me suis aperçue qu'elles avaient dû paraître terrifiantes aux peuples anciens vivant à Nazca. Une baleine monstrueuse, une araignée gigantesque, une tache étrange. Même le singe est grotesque, avec ses bras maigrichons. Et il est difforme puisqu'il n'a que quatre doigts à une main. Pourquoi les auteurs du dessin ont-ils oublié un doigt ?

— Peut-être ne savaient-ils pas compter, suggéra Pedro.

— Peut-être. Toutefois, dans les sociétés primitives, la difformité était redoutée et considérée comme un mauvais présage. L'explication réside peut-être là. Les animaux auraient pu être dessinés dans le seul but d'effrayer les gens.

— C'est vous qui commencez à m'effrayer, murmura Pedro.

— Quoi qu'il en soit, les experts sont pratiquement tous d'accord pour établir un lien entre les lignes et les astres, poursuivit Augusta Chambers. J'ai moi-même étudié l'astronomie et, lors de ma première visite à Nazca, les lignes m'ont tout de suite évoqué une immense carte du ciel.

— Comment cela ?

— J'avais l'impression que les lignes étaient là pour pointer les astres à certains moments de l'année. En se tenant sur une ligne et en suivant son tracé des yeux, si une étoile se levait à l'horizon, alors on savait qu'on était le 5 avril et qu'il était temps de planter le blé, par exemple. Mais en approfondissant mes recherches, j'ai été de plus en plus obsédée par l'idée qu'il existait peut-être un instant, ne serait-ce que quelques minutes tous les mille ans, où TOUTES les lignes pointeraient TOUTES les étoiles visibles en même temps. Cela serait... mes élucubrations t'ennuient, Martin ? » s'interrompit le professeur d'un ton pincé.

Martin était assis en face d'elle, de l'autre côté du feu. Il avait la tête levée vers le ciel. Quelque chose venait de distraire son attention. Mais quoi ? Le désert était plongé dans le silence absolu. Avait-il rêvé ? Non, l'impression revenait : une sorte de doux battement de l'air, comme une toile de tente qui frémit au vent. Seulement... il n'y avait pas un souffle de vent. Martin tendit l'oreille mais le son avait disparu.

« Tu m'écoutes ? s'impatienta le professeur Chambers.

— Oh... oui, oui, bien sûr.

— Tant mieux, car c'est là que les choses se compliquent. Comme je le disais, je voulais me persuader que les lignes correspondaient aux étoiles. Comme si, en prenant une photo du ciel, puis une photo du plateau de Nazca, et en les superposant, les étoiles se calquaient sur les lignes.

— Un peu comme ce jeu où l'on relie d'un trait de crayon plusieurs points pour former un dessin ? remarqua Martin.

— Plus ou moins, oui. En tout cas cet instant idéal ne pouvait se produire souvent. Bien entendu, je n'ai pas eu l'occasion de le vérifier.

— Pourquoi ? s'étonna Pedro.

— Parce que j'ignorais de quel endroit exact je devais observer les étoiles. Il me fallait une sorte de... table d'observation. Comme celle-ci, ajouta le professeur avec un geste vers la dalle.

— Un endroit fixe ?

— Bien sûr. Vous comprenez, les étoiles ne cessent de bouger quand vous les regardez de la terre. Tout simplement parce que la terre elle-même tourne sur son axe. Et le problème se complique quand on sait que la terre est aussi en orbite autour du soleil. Avec ce système, notre terre ne revient dans la même position que tous les vingt-six mille ans.

— Mais quel rapport avec...

— J'y arrive. J'avais donc construit une hypothèse, et je l'avais publiée. Ma conclusion était en réalité une sorte d'interrogation. Et si les Lignes de Nazca n'étaient autre qu'un terrible avertissement ? Et si elles n'étaient faites que pour enregistrer une fraction de temps, un moment ne se produisant que tous les vingt-six mille ans, un instant unique où elles correspondraient enfin avec les étoiles ? Cela expliquerait l'aspect effrayant des figures et pourquoi on les a dessinées.

— Et vous croyez que le moment tant attendu aura lieu dans deux nuits ? intervint Martin.

— Je peux le vérifier, maintenant que je dispose de la plate-forme, mais... Pedro ! »

Le professeur s'interrompit encore. Cette fois, c'était Pedro dont l'attention semblait distraite.

« Oh... pardon. Il y a quelque chose...

— Moi aussi je l'ai entendu », intervint Martin.

Le feu crépitait toujours, jetant des ombres rougeoyantes sur le sable. La Land Rover était garée à quelques pas. La nuit s'était refroidie et une brise légère se levait. Pedro leva les yeux vers les millions d'étoiles scintillantes. L'espace d'un instant, il crut discerner deux minuscules lumières vertes. Il secoua la tête. Les étoiles vertes n'existaient pas...

« Vous imaginez des choses, décréta l'archéologue. Cela arrive souvent dans le désert. Je ne vois rien du tout.

— La plate-forme..., commença Martin.

— La plate-forme marque la position exacte où l'on doit se poster pour observer les étoiles. C'est ce qu'indique le poème du moine. "Tenez-vous devant la place de Qolca et vous verrez la lumière..."

— ..."Qui anéantit toute autre lumière" », termina Martin à sa place.

Le professeur hocha la tête gravement.

« Encore l'avertissement. Nous sommes à l'endroit indiqué, et si votre ami le moine a bien calculé, le moment arrivera dans deux jours.

— Alors la porte s'ouvrira, dit Martin.

— Il n'y a pas de porte dans le désert, Martin, objecta Augusta Chambers. Je te l'ai déjà... »

Pedro fut le premier à les voir. Les deux petites lumières vertes qui luisaient dans la nuit, loin au-dessus de leurs têtes, mais qui commençaient à descendre. Et puis, derrière les lumières vertes, il crut discerner une forme sombre.

Un cri perçant troua le silence. Martin plongea à plat ventre pour éviter l'énorme oiseau qui fondait sur lui, les serres ouvertes, cherchant ses yeux. Une douleur lui déchira l'épaule. L'oiseau reprit son envol et le calme revint, seulement troublé par le battement d'ailes qui s'éloignait.

Martin se remit péniblement sur ses pieds, étourdi.

« Qu'est-ce que c'était ? demanda Pedro.

— Un condor, répondit le professeur. Pourtant c'est impossible...

— Il revient ! » cria Martin en pointant le doigt vers le ciel.

Tous trois se jetèrent au sol. Le monstrueux oiseau passa, les yeux étincelants. Il était gigantesque. Ses plumes pendaient sur son corps comme des guenilles. Son bec recourbé sortait de sa tête comme un poignard. Ses serres étaient ouvertes, les pointes aiguisées comme des lames. Pendant un instant, il resta suspendu au-dessus du camp, puis disparut dans la nuit.

Martin bondit pour s'emparer d'une branche enflammée.

« Dans la Land Rover, vite ! cria-t-il à Augusta Chambers.

— Les clefs sont dans ma tente.

— J'y vais ! » se proposa Pedro en s'élançant.

Mais il dut plonger à terre pour éviter un second oiseau qui s'abattait sur lui, ses ailes battant l'air à quelques centimètres de sa tête.

En quelques secondes, il y eut six condors tournoyant au-dessus du campement. Puis d'autres rejoignirent leur cercle mortel. Leurs yeux luisaient dans l'obscurité. Pedro plongea sous la tente pour chercher les clefs de la voiture. Pendant ce temps, le professeur se hissait tant bien que mal sur le toit de la Land Rover pour récupérer un balluchon.

Il y avait à présent plus d'une douzaine de condors qui formaient une sorte de nuage dense et noir suspendu au-dessus du camp. Ils semblaient hésiter à passer à l'attaque mais, de seconde en seconde, leur assurance grandissait. Pedro revint en courant vers le feu et saisit un morceau de bois enflammé.

« Tu as les clefs ? lui demanda Martin.

— Non, il fait trop noir. Je ne vois rien. »

Tout à coup, un cri perçant retentit. Le plus grand des oiseaux fondait sur Martin, les serres en avant.

Martin le frappa avec la branche, en plein cou. Aussitôt ses plumes s'embrasèrent et l'animal culbuta avant de s'écraser au sol. Mais l'un de ses congénères l'avait escorté. À son tour Pedro brandit son flambeau. Malheureusement, le monstre dévia sa course et s'abattit sur ses épaules. Les griffes plantées dans sa chair pour mieux s'accrocher, il se mit à lui lacérer la nuque de coups de bec. Pedro poussa un cri et lâcha son bout de bois pour rouler en arrière et saisir l'animal à la gorge. Martin bondit à son secours. Utilisant sa branche comme un gourdin, il frappa la tête de l'oiseau de toutes ses forces. Il y eut un craquement d'os écœurant et le condor roula dans le sable, inerte.

Martin comprit alors qu'ils allaient succomber sous le nombre. Trois autres condors passaient à l'attaque. Son unique arme était cassée en deux. Pedro gisait encore à ses pieds, à demi évanoui. Tout à coup retentit une détonation, suivie de deux autres, très rapprochées. Augusta Chambers se dressait sur le toit de la Land Rover, un fusil à la main. Deux condors s'étaient écrasés au sol. Un troisième s'enfuyait en volant de travers, une aile déchiquetée.

« Je dois retourner dans la tente chercher les clefs,

dit Martin en se penchant vers Pedro. C'est notre unique chance.

— Il fait trop sombre, Martin, tu ne les trouveras pas. »

Il y eut un quatrième coup de feu et un condor tomba en vrille.

« Attention ! » hurla Martin.

Augusta Chambers se retourna à temps pour voir deux yeux verts et luisants foncer sur elle. Elle saisit son fusil à deux mains et abattit la crosse sur le crâne du condor. Le coup réussit mais ne la sauva que provisoirement. Un autre rapace surgit derrière elle et la déséquilibra. Elle tomba à genoux, luttant de ses mains nues pour protéger ses yeux des serres meurtrières.

Oubliant ses propres blessures, Pedro bondit à son secours. Il grimpa sur le toit de la Land Rover et découvrit l'archéologue étendue sur le dos, le condor sur elle. Sans réfléchir, il plongea et saisit l'oiseau à la gorge. Il serra, serra de toutes ses forces. On entendit un craquement sec et l'animal devint tout mou.

Pendant ce temps, Martin avait réussi à atteindre la tente mais, au moment d'écarter la toile, il se figea. Pendant un long moment il demeura ainsi, les jambes écartées, les bras pendants, immobile.

Pedro leva les yeux. Horreur ! Les monstrueuses créatures avaient triplé en nombre. Il y en avait plus de cinquante, groupées en une masse tournoyante qui semblait croître à chaque seconde. Puis Pedro baissa la tête et aperçut Martin. Son ami semblait avoir abandonné la lutte. Que faire d'autre, d'ailleurs ? Le feu s'était éteint. Ils avaient perdu le fusil. Il ne leur restait plus qu'à attendre l'assaut final.

Subitement, les condors poussèrent un cri terrifiant qui résonna dans le désert. Au même instant, Martin leva les bras.

« Pedro ! hurla-t-il à son ami. Maintenant ! Tu dois m'aider maintenant ! »

Un sentiment indescriptible envahit alors le jeune Péruvien. C'est à peine s'il comprit ce que Martin voulait dire. La seconde suivante, une sorte de décharge électrique le secouait tout entier et il eut l'impression de se retrouver au côté de Martin. Si proche qu'il lui semblait ne faire qu'un avec lui.

Le professeur Chambers observa la scène bouche bée. Sous ses yeux incrédules, la puissance du soleil s'infiltra en Martin. Des faisceaux de lumière blanche jaillirent de ses paumes ouvertes et transpercèrent la nuit comme des rayons laser. Un instant, il demeura aussi rigide qu'une statue. Puis ces rayons étincelants frappèrent la masse tournoyante des condors qui explosa comme une boule de feu. Une immense gerbe qui illumina un moment le désert à mille mètres à la ronde.

Et, brusquement, tout fut fini. La lumière s'évanouit, les bras de Martin retombèrent. Sur le toit de la Land Rover, Pedro laissa échapper un profond soupir. Seules quelques cendres rougeoyantes éparpillées sur le sol rappelaient le passage des condors. L'obscurité, seulement ponctuée par les étoiles, engloutit à nouveau le désert.

L'archéologue et Pedro descendirent de leur perchoir pour rejoindre Martin à côté de la tente.

« Je ne peux pas le croire, marmonnait le professeur Chambers. Je ne peux pas le croire. »

Pedro, lui, contemplait son ami avec de grands yeux.

« C'était fantastique, Martin ! Comment as-tu fait ? »

Martin esquissa un faible sourire.

« Pas moi tout seul, Pedro. NOUS. »

16

L'ÉTOILE ARTIFICIELLE

«J'avais tort, bougonna le professeur Chambers. Pourtant j'ai vérifié plusieurs fois.

— Que voulez-vous dire ? s'étonna Martin.

— Les étoiles, bien sûr ! s'emporta-t-elle en jetant rageusement une liasse de documents informatiques sur la table. J'étais convaincue que, demain dans la nuit, se produirait la concordance parfaite des Lignes de Nazca et des étoiles, ainsi que je vous l'avais expliqué. Mais ça ne marchera pas. Il s'en faut de très peu, pourtant. En fait, je crois qu'il n'y aura jamais de conditions plus idéales. Une seule étoile manquera au rendez-vous, cachée par la lune.

— Laquelle ?

— Antarès. C'est une énorme étoile rouge, beaucoup plus lointaine que le soleil. Demain, à minuit, toutes les étoiles occuperont la position idéale par rapport à la plate-forme de Qolca. Sauf Antarès...

— Peut-être avez-vous commis une erreur de calcul, suggéra Pedro.

— Jeune homme, je ne commets jamais d'erreur ! »

Il était treize heures. Assis sous la véranda, ils s'étaient tous trois attablés devant un repas auquel personne ne faisait honneur. Seul Charley, qui avait enfin retrouvé Pedro, se servait de rondelles de tomate ou de feuilles de salade qu'il offrait parfois obligeamment au professeur en lui chatouillant l'oreille.

Les deux garçons se sentaient mal à aise, engoncés dans les compresses et les bandages qui leur couvraient le corps. Quant à l'archéologue, elle avait les mains bandées et devait s'aider d'une canne pour marcher. Personne n'était sorti indemne de l'attaque des condors.

Martin et Pedro étaient restés seuls une partie de la journée, pendant que le professeur établissait les mouvements d'étoiles sur son micro-ordinateur, en basant ses calculs sur la situation de la plate-forme. Les deux garçons étaient persuadés que les résultats confirmeraient ses hypothèses au sujet des lignes. Or, à l'inverse, ils semblaient revenus à la case départ.

« Si seulement Richard était là, murmura Martin.

— Je doute qu'il puisse nous éclairer, remarqua le professeur d'un ton aigre.

— Non, bien sûr. Au contraire, Richard serait plus perdu que nous. Simplement, il me manque. Le pauvre est en prison depuis un temps fou. Je m'inquiète à son sujet. »

Augusta Chambers se radoucit.

« Je vais passer quelques coups de téléphone à des amis de Lima. Peut-être pourront-ils intervenir. Mais, à ta place, Martin, je ne m'inquiéterais pas pour lui. Il est sans doute plus en sécurité là où il est.

— Écoutez, professeur, intervint alors Pedro en se penchant au-dessus de la table. Vous dites que les étoiles ne vont pas établir cette fameuse concordance. Dans ce cas, quels sont les plans de Tovar ?

— J'aimerais bien le savoir, marmonna Augusta Chambers en piquant un radis dans un bol. Tout ce dont je suis sûre, c'est que mes calculs ne peuvent pas être faux. Il manque une seule étoile, c'est peu !

— C'est peu et c'est trop, murmura pensivement Martin... Trop d'étoiles. Il y a trop d'étoiles, c'est ce que disaient les Incas.

— Les Incas ? tressaillit le professeur.

— Je ferais sans doute mieux de tout vous raconter, soupira Martin. Mais je ne suis pas sûr que vous me croirez.

— Après les quarante-huit heures que je viens de vivre avec vous deux, je peux croire n'importe quoi ! »

C'est ainsi que Martin lui conta leurs aventures de Cuzco et de Machu Picchu, en omettant toutefois la galerie remplie de trésors et le visage gravé sur le disque d'or.

« Ainsi les Incas ont survécu, murmura le professeur quand il eut terminé son récit. Cette question m'a toujours intriguée. Mais que voulaient-ils dire par “trop d’étoiles” ? Cela n’a aucun sens. Réfléchissons... Le moine a prédit que demain soir, jour de Inti Raymi, serait une nuit de désastre. Il avait découvert le secret des lignes et ce secret l’a rendu fou. Aujourd’hui, Tovar dérobe le journal intime du moine pour s’emparer du secret. Mais si le moine s’est trompé et si les lignes ne concordent pas...

— Alors tout aura été inutile et nous pourrons rentrer chez nous, conclut Martin.

— J’aimerais que tu dises vrai, mais j’en doute, soupira Augusta Chambers.

— Je ne le crois pas non plus, grimaça Pedro.

— Un point doit nous échapper. Pedro, répète-nous précisément ce que tu as surpris de la conversation de Tovar, dans son bureau. »

Pedro se concentra. Les événements de Lima lui semblaient très loin.

« Tovar parlait de rechercher une place, une sorte de plate-forme... Il a cité le nom de Chambers et puis autre chose... Je me souviens !

— Quoi ?

— Tovar a fait allusion à un scorpion. Ils devaient bouger un scorpion d’or et il fallait que sa position soit précise. Sur le moment je n’ai rien compris, et je ne comprends pas mieux maintenant.

— Il y avait un scorpion gravé sur le journal du moine », se rappela Martin.

Augusta Chambers se figea, le bras en l’air.

« Un scorpion ! s’exclama-t-elle en se frappant le front d’une main. Comment ai-je pu être si stupide ! Un scorpion... Antarès !

— Antarès ?

— Antarès fait partie de la huitième constellation

du zodiaque, celle du Scorpion. Voilà ce dont parlait Tovar !

— Mais on ne peut pas bouger une étoile, objecta Pedro.

— Chut, écoutez-moi ! l'interrompit Augusta Chambers d'une voix qui tremblait d'excitation. J'imaginais que les lignes étaient un avertissement, mais supposons qu'elles soient plus que cela. Tu es venu au Pérou pour chercher une porte, Martin. Nous ignorons encore où elle se trouve mais, où qu'elle soit, quelque chose doit la garder fermée.

— Vous voulez dire... une sorte de serrure ?

— Exactement. Et pourquoi pas une serrure à combinaison temporelle ?

— Je suis perdu, soupira Pedro.

— C'est simple. Supposons que les Lignes de Nazca soient une gigantesque serrure dont le temps donne la clef. La porte ne peut s'ouvrir que lorsque les astres forment le schéma parfait. Toutefois l'objectif même de la porte est de rester close afin de ne pas laisser s'échapper les Anciens. Voilà pourquoi il manque un élément à la combinaison, c'est-à-dire une étoile.

— Et demain soir... commença Martin.

— Demain soir les étoiles seront toutes en position, sauf une. Tovar projette de la remplacer par ce qu'il appelle le scorpion d'or.

— Mais comment ? » s'exclama Pedro.

Subitement, Martin comprit. Il se rappelait les commentaires du journaliste de la télévision sur les prédictions du moine concernant les inventions du vingtième siècle. Il se souvenait aussi des photographies encadrées qui décoraient les bureaux de l'immeuble de Tovar. Des photos de l'espace, prises dans l'espace. TC LIMA, pour Tovar Communications. Et quel était l'instrument le plus moderne des communications ?

« Un satellite, dit-il à haute voix.

— Exactement, acquiesça l'archéologue. Un satellite. Une étoile artificielle. Tovar a placé un satellite sur orbite et, demain soir, il le guidera à la position que devrait occuper Antarès. Un scorpion d'or à la place du vrai, qui complétera le schéma lumineux du ciel. Ainsi la combinaison de la serrure sera activée et...

— Et la porte s'ouvrira, termina Martin en frissonnant.

— Tout juste. Et nous ne pouvons rien pour arrêter Tovar.

— Rien ? répéta Pedro en grimaçant de rage.

— Tovar contrôle son satellite par radio, expliqua le professeur. Si nous connaissions la fréquence, peut-être pourrions-nous brouiller les messages et détourner la trajectoire du satellite. À supposer, bien sûr, que nous disposions du matériel nécessaire, ce qui n'est pas le cas. L'autre moyen...

— Oui ?

— C'est sans espoir. Il faudrait parvenir jusqu'à l'émetteur et le détruire. Livré à lui-même, le satellite dévierait peut-être de sa course.

— Pourquoi est-ce sans espoir ? » s'enquit Martin.

Le professeur Chambers se frotta les paupières d'un geste las.

« Le siège social de Tovar Communications est à Lima, mais Tovar ne guidera pas son satellite de la ville, à cause des interférences. Je parie qu'il effectuera les manœuvres depuis Paracas.

— Où se trouve Paracas ?

— Non loin d'ici. Sur la côte, à environ quatre cents kilomètres au nord. Le problème, Martin, c'est qu'il s'agit d'un centre de recherche très important. On y effectue des expériences secrètes, dont certaines pour le gouvernement. C'est une véritable forteresse, défendue par une clôture électrifiée, une surveillance ininterrompue, des gardes armés. La nuit, il y a des miradors et des projecteurs, et le terrain est patrouillé par des chiens d'attaque. C'est impossible, je vous assure. Il faudrait une petite armée pour pénétrer dans la place. »

Martin réfléchit une minute puis bondit sur ses pieds. Un large sourire éclairait son visage.

« Une petite armée ? Je crois avoir juste ce qu'il nous faut. Souviens-toi, Pedro, on nous a remis un numéro de téléphone. »

17

LA NUIT DU SCORPION

Le professeur Chambers arrêta la voiture sur le bas-côté de la route et coupa le contact.

« Voilà, nous y sommes, annonça-t-elle.

— Paracas... », murmura Martin.

Paracas était une baie splendide qui s'ouvrait sur une mer étincelante. Des centaines d'oiseaux, flamants roses, pélicans, mouettes et sternes, se dandinaient sur le rivage ou planaient au-dessus des palmiers. Le parfum des fleurs embaumait l'air. Tout était paisible. Un chemin sinueux descendait de la route jusqu'au minuscule port de pêche qui se réduisait à quelques paillotes regroupées autour d'un quai de bois branlant. Le soleil s'était couché à l'horizon, balayant la surface de la mer de reflets rouges. Des cercles multicolores miroitaient autour de l'épave d'un bateau dont la coque dépassait de l'eau et se profilait en ombre chinoise.

« Le centre de recherche se trouve derrière la colline, précisa le professeur.

— Allons-y », décida Martin en ouvrant sa portière.

Geste malheureux : Charley en profita pour s'échapper et détaler vers la plage. Pedro eut beau le rappeler, le singe poursuivit sa course.

« Il faut le rattraper ! cria Pedro.

— Nous n'avons pas le temps, objecta Martin. Il est neuf heures. Viens, Pedro. Charley ne risque rien.

— Je m'occuperai de cet abominable singe », promit Augusta Chambers.

Les deux garçons la laissèrent donc dans la voiture et descendirent vers le petit port. L'homme qu'ils avaient joint par téléphone leur avait assuré que leurs amis les y retrouveraient à neuf heures précises. Pourtant l'endroit semblait désert. Déjà, dans le ciel, les étoiles amorçaient leur effrayante ascension.

Tout à coup, Martin les aperçut. Les Incas étaient là, une quarantaine environ, ombres immobiles alignées sur le rivage. Les vagues venaient s'enrouler autour de leurs chevilles. L'un d'eux s'avança en levant le bras. Martin reconnut Tomac.

« Tu nous as appelés, nous sommes venus, dit-il simplement.

— Vous savez ce qui nous attend ?

— Nous sommes prêts. »

Martin observa les Incas. Ils avaient troqué leurs habits de fête traditionnels contre des jeans et des chemises noires, mais conservé leurs armes habituelles : arcs et flèches, lances, haches et courtes épées. Ils formaient un étrange mélange d'ancien et de moderne, pourtant nul autre guerrier n'aurait paru plus féroce.

« En route », décida Martin.

Ils remontèrent le sentier pour traverser la route. Assise dans sa voiture, le professeur Chambers les contempla, osant à peine en croire ses yeux. Martin, Tomac et Pedro à leur tête, les Incas gravirent la colline en silence et firent halte au sommet. Devant eux, au fond d'une petite vallée, se dressait le centre de recherche de Tovar Communications.

Il ressemblait en tout point à la forteresse que l'archéologue leur avait décrite. Le terrain de forme carrée avait la taille d'un village. Cependant ce n'était pas une, mais deux clôtures électrifiées qui le protégeaient. Une seule porte en commandait l'accès sur le côté opposé, flanquée d'une guérite de surveillance et une barrière rouge et blanche qui bloquait la route. Quatre miradors, plantés à chaque angle, contrôlaient tous les mouvements, et des projecteurs balayaient déjà le sol de part et d'autre des clôtures.

Martin était hypnotisé par le ballet des faisceaux lumineux qui illuminaient alternativement les différents secteurs. Trois bâtiments principaux occupaient le cœur du centre, entourés de constructions plus petites, sans doute réservées au personnel. Une aire cimentée avait été aménagée pour recevoir un hélicoptère dont on discernait la silhouette trapue. Tout à coup, un des projecteurs effleura les toits. Martin retint sa respiration. Les installations radio !

Une sorte d'énorme soupière ronde était juchée sur un bâtiment et pivotait lentement, sa langue de métal pointée vers les étoiles.

Pedro avait remarqué l'antenne, lui aussi.

« À quoi servent les autres baraques ?

— Je ne sais pas, chuchota Martin. Administration et logements des employés, je suppose.

— Et ce hangar, là-bas, peint en blanc, avec un toit en pente ?

— Je n'en ai pas la moindre idée.

— Comment va-t-on entrer, Martin ?

— Tomac a peut-être un plan.

— Chut ! » souffla Tomac.

Un homme venait de surgir à une centaine de mètres devant eux. Tovar ne prenait aucun risque et envoyait des patrouilles surveiller les abords du centre. Le garde avait entendu un bruit et il avançait prudemment, en pointant sa mitraillette. Un seul coup de feu et tout était perdu. Sans l'avantage de la surprise, les Incas ne pourraient jamais s'approcher de leur objectif.

Alors que tous s'étaient jetés à terre, Tomac s'agenouilla, une fronde à la main. Il glissa une bille d'acier dans la langue de cuir et commença à la faire tournoyer. L'air siffla. Le garde dressa l'oreille et pivota en direction du bruit au moment précis où Tomac lançait son projectile. La bille frappa le garde entre les yeux. Il poussa un cri bref et s'écroula. Tout était silencieux.

Tomac hocha la tête, satisfait, puis jeta un ordre à ses compagnons. Deux Incas s'élancèrent vers le garde mort pour le délester de son uniforme.

« Maintenant, contournons le terrain jusqu'à la

grille, ordonna Tomac. Mais, attention, pas un bruit !

— Puis-je avoir une arme ? demanda Pedro.

— Inutile. Nous combattons, vous attendez à la porte.

— Pas si sûr », marmonna Martin.

Dix minutes plus tard, la petite armée se tapissait sur les bords de la route qui menait à l'entrée. Sous les yeux inquiets de Martin et de Pedro, l'Inca qui avait endossé l'uniforme du garde marcha vers la porte en titubant, feignant d'être blessé. Une voix le héla de la guérite et l'Inca y pénétra. Aussitôt après, ils perçurent un grognement suivi du bruit mat d'un corps heurtant le sol. Pendant une interminable minute d'angoisse, le faisceau d'un projecteur balaya la guérite, puis Tomac fit un geste du bras.

Deux autres Incas s'élancèrent, armés chacun d'un arc. Agenouillés dos à dos sur le bord de la route, ils pointèrent leurs flèches sur les deux miradors les plus proches et tirèrent en même temps. L'un des projecteurs tressauta et se fixa inutilement en direction de la mer. Sur l'autre mirador, Pedro aperçut un homme lever les bras au ciel avant de basculer dans le vide, une flèche fichée en travers de la gorge.

À présent, les Incas se déplaçaient rapidement. Ils disposaient de quelques minutes à peine avant que la disparition des gardes soit remarquée. L'homme qui s'était infiltré dans la guérite ouvrit la porte à ses compagnons qui coururent se réfugier sous le couvert des bâtiments les plus proches. Au même moment, deux chiens surgirent de l'obscurité, le poil hérissé et les crocs menaçants. Mais les Incas avaient prévu leur attaque. Deux hommes portèrent vivement leur sarbacane à leur bouche et soufflèrent les fléchettes empoisonnées. L'un des chiens s'effondra sur le flanc. L'autre fut projeté en arrière contre la clôture électrifiée. Il y eut un grésillement. Pedro détourna les yeux.

Martin se tenait contre le mur de bois du hangar qu'ils avaient aperçu du haut de la colline. En longeant la paroi, il découvrit une fenêtre et se hissa pour y glisser un coup d'œil. Des gens travaillaient dans le hangar devant de grandes tables chargées de bouteilles, de tubes, de brûleurs. Tous portaient une blouse blanche. Des chercheurs, sans doute. L'un d'eux leva une fiole remplie de poudre blanche devant son nez pour la sentir.

« Cocaïne, murmura Tomac à l'oreille de Martin.

— De la drogue ? Mais...

— C'est un laboratoire clandestin. Regarde ce sac de plastique, là-bas. Il vaut des milliers de dollars.

— Voilà une découverte qui aidera Richard à sortir de prison, murmura Martin pour lui-même... Comment va-t-on procéder pour le radar ? ajouta-t-il.

— C'est notre travail, répliqua Tomac. Vous deux, restez ici. »

Peut-être était-ce le grognement des chiens qui les avait trahis, ou peut-être le faisceau du projecteur inutilement braqué sur la mer. Des coups de feu éclatèrent subitement. Un Inca poussa un cri, vacilla, et tomba. Deux secondes après, une sirène d'alarme se mettait à hurler. Des portes s'ouvrirent en claquant et des hommes armés s'élancèrent dans toutes les directions. En un instant, Martin et Pedro se retrouvèrent au beau milieu d'une bataille rangée.

La suite serait impossible à décrire. Les Incas bénéficiaient de l'effet de surprise. Les gardes savaient que des intrus s'étaient infiltrés dans le centre mais ils ignoraient leur identité, leur nombre et leur position. Dans le cas contraire, tout aurait été vite réglé, les armes blanches des Incas n'étant pas de taille face aux armes automatiques des hommes de Tovar. Heureusement, il faisait nuit et la confusion la plus totale régnait dans les rangs des adversaires. Sur les cinquante gardes qui s'étaient précipités au combat, certains eurent à peine le temps d'atteindre la porte de leur bâtiment. Un homme surgit du laboratoire juste derrière Martin et de Pedro. Pétrifiés, ils le virent dégainer son arme. À cet instant quelque chose siffla dans l'air et l'homme bascula en arrière, le manche d'un poignard émergeant de sa poitrine. À l'autre bout de la cour, retentit le crépitement d'une mitrailleuse, suivi d'un cri. Quelqu'un hurla un ordre. D'autres coups de feu éclatèrent. Une silhouette fila dans l'ombre.

« Et maintenant ? » questionna Pedro en se tournant vers Martin.

Les deux garçons se retrouvaient soudain seuls.

« La radio, décida Martin. C'est le but de notre expédition.

— Mais nous n'avons pas d'armes !

— On peut toujours provoquer un incendie ou autre chose. Tiens, prends ça », poursuivit Martin après s'être penché un instant au-dessus du garde mort.

Pedro soupesa le revolver que son ami venait de lui glisser dans la main.

« Hé ! Je ne sais pas m'en servir ! » s'écria-t-il tandis que Martin s'élançait déjà vers le radar.

N'obtenant pas de réponse, Pedro enfouit l'arme dans sa poche et le suivit en courant.

À peine avait-il franchi cinq pas qu'éclata une nouvelle série de coups de feu. Des éclairs blancs jaillirent de l'un des deux miradors encore actifs et les balles s'enfoncèrent dans le sable à quelques centimètres de ses pieds. Pedro plongea de côté. Le faisceau d'un projecteur l'aveugla et le cloua au sol comme un papillon, immobile. Alors l'envahit la terrible certitude qu'il servait de cible à quelqu'un et que ce quelqu'un était peut-être déjà en train de presser la détente...

Un jet de feu troua la nuit, puis un second. En haut du mirador, un homme hurla. Le plancher et les murs de son poste d'observation s'enflammaient. Le projecteur délaissa brutalement Pedro qui se releva en clignant des yeux. Il recouvra la vue juste à temps pour apercevoir deux nouvelles traînées de feu zébrer le ciel. Les Incas tiraient des flèches enflammées. Mais de quel secours leur seraient-elles contre des murs de brique et d'acier ?

La même pensée vint à l'esprit de Martin alors qu'il était plaqué contre la station de transmissions. La coupole du radar, qui semblait assez petite de loin, était en réalité énorme et surélevée par ses rampes d'appui. L'unique accès au poste de contrôle était obstrué par une épaisse porte blindée. Tous les efforts de la soirée semblaient avoir été vains.

Une silhouette surgit dans la pénombre. Martin

reconnut Tomac. L'Inca avait été blessé. Son bras droit pendait le long de son corps, inerte et ruisselant de sang. Il haletait.

« Où en est-on ? lui demanda Martin.

— Nous avons perdu beaucoup d'hommes mais les autres en ont perdu bien plus. Il faut nous presser maintenant. Ils risquent d'appeler la police... et peut-être même l'armée.

— Le radar...

— J'ai apporté ceci », le coupa Tomac en fouillant dans le petit sac accroché dans son dos.

C'était une grenade. Le genre d'objet que Martin avait pu voir dans les vieux films sur la Seconde Guerre mondiale. Une chose ovale et verte, avec un anneau sur le col. Il se demanda où Tomac se l'était procurée et s'apprêtait à le questionner lorsque l'un des miradors en feu s'effondra sur le sable dans un bruit de tonnerre.

« La grenade ! cria Martin.

— Je ne peux pas. Mon bras...

— Donne-la-moi. »

Martin saisit la grenade dans le creux de sa main. C'était plus léger qu'il ne l'avait imaginé. Aurait-il la force de la catapulter jusque dans la coupole ? Il leva les yeux. Le radar pivotait lentement. La cible était large, mais haute. Et s'il la manquait ?

Ce fut à ce moment que Pedro le rejoignit.

« Que se passe-t-il, Martin ?

— Recule-toi. »

Martin leva la grenade et ôta la goupille avec ses dents, comme il l'avait vu faire. Pendant deux secondes il resta immobile, horriblement conscient de tenir une bombe à retardement entre ses doigts, et en même temps incapable de la lâcher.

« Vite ! » cria Tomac.

Martin prit son élan et projeta la grenade de toutes ses forces. Elle heurta le bord de la coupole mais roula à l'intérieur. Tous trois se jetèrent à plat ventre le long du mur. Une violente explosion ébranla la station. Martin risqua un coup d'œil. Le radar avait cessé de pivoter et la langue de métal centrale était brisée. Mission accomplie.

« Je dois retourner près de mes hommes », dit Tomac d'une voix inquiète. Et il s'élança dans la nuit.

« Bien visé, Martin, le complimenta Pedro.

— Merci. À présent, j'aimerais bien filer d'ici.

— Moi aussi.

— Vous ne filerez nulle part ! »

La voix provenait de la porte de la station radio. Ni l'un ni l'autre ne l'avait entendue s'ouvrir. Une silhouette d'homme vêtu d'un pantalon blanc et d'une veste sombre se dressait sur le seuil, devant la lumière. Martin avança vers lui et se trouva face au museau noir d'un lourd revolver.

« Vous ne filerez nulle part », répéta M. Tod.

Sa bouche se tordait en un méchant rictus. Ses yeux fixes de serpent ne cillaient pas. Pedro jeta un regard plein d'espoir autour de lui, mais aucun Inca ne se trouvait à proximité. La bataille s'était concentrée de l'autre côté de la cour. Il se souvint alors de l'arme que Martin lui avait remise. Jamais il n'avait touché un revolver de sa vie, et l'Allemand était un tueur professionnel. Comment aurait-il le temps de sortir l'arme de sa poche et de tirer ?

« Vous avez croisé mon chemin une fois de trop, vous deux, gronda M. Tod. Et il y a longtemps que j'attends ce moment...

— Notre mort ne vous avancera à rien, plaida Martin avec un geste en direction du radar détruit. Vous ne pouvez plus contrôler le satellite désormais. »

Un sourire détendit les lèvres minces de l'Allemand mais son visage resta inexpressif.

« J'ai transmis le contrôle ailleurs, expliqua-t-il doucement. Vous vous croyez malin ? Le premier des Cinq !... Voyez-vous, monsieur Hopkins, le satellite est à présent guidé depuis le désert de Nazca, non loin d'ici. Dans environ deux heures, à minuit exactement, les étoiles formeront l'alignement parfait et tout sera terminé. Bien entendu, à ce moment-là, toi et ce jeune va-nu-pieds serez déjà morts et refroidis. Te tuer va me procurer un réel plaisir. À Londres, déjà, je t'avais trouvé bien suffisant et arrogant ! Tu t'es démené pour rien. Dans tout juste deux heures, la porte s'ouvrira et les Anciens reviendront. »

M. Tod leva son arme. Presque simultanément, il y eut un cri perçant et une petite boule sombre tomba du ciel. La surprise fit dévier le tir de l'Allemand et la balle ricocha sur le mur. Tod recula, les mains levées pour se protéger le visage. Son assaillant n'était autre que Charley. Le singe avait dû suivre leurs traces et il venait de bondir du toit sur la tête de l'Allemand. Pedro profita de la diversion pour extraire l'arme de sa poche. Il la prit à deux mains et, bras tendus, tira trois fois. Les balles frappèrent M. Tod en pleine poitrine. L'Allemand tituba, lâcha son propre revolver,

et s'effondra d'un bloc dans le sable. Un réflexe nerveux agita sa jambe, puis il demeura inerte.

Pedro laissa tomber son arme. Charley bondit sur son épaule en poussant des petits cris affectueux. Martin se pencha au-dessus de M. Tod. La mort seule avait réussi à imprimer une expression sur son visage : l'étonnement le plus profond.

« Merci, murmura Martin en se tournant vers Pedro.

— Je... je...

— Tu devais le faire, dit-il pour le réconforter. Viens maintenant. »

La bataille semblait gagnée ici, mais tout n'était pas terminé.

*

* *

Tomac tira le levier de commande et l'hélicoptère quitta le sol dans un grand nuage de poussière. Martin et Pedro étaient tassés sur le siège du passager. Dix heures et demie. Il leur restait donc quatre-vingt-dix minutes.

Ils avaient retrouvé l'Inca devant l'entrée du centre en compagnie de ce qui restait de ses hommes, soit dix-neuf seulement sur quarante-cinq. Cependant, malgré leurs pertes et un combat inégal, ils sortaient victorieux. Les rares survivants des hommes de Tovar s'étaient enfuis dans la nuit. Martin avait rapidement rapporté à Tomac les paroles de Tod. C'était Pedro qui s'était souvenu de l'hélicoptère. Ayant autrefois travaillé comme pilote, Tomac s'était proposé de les emmener dans le désert à la recherche de Tovar.

Martin et Pedro étaient aussi épuisés l'un que l'autre, mais ils ne pouvaient abandonner maintenant, après tant de morts et de sacrifices. Dans l'hélicoptère, personne ne disait mot. Le désert défilait sous eux. Les secondes s'égrenaient et les étoiles poursuivaient leur course terrifiante.

Tout à coup, le moteur hoqueta et s'arrêta. Une balle perdue avait dû endommager le réservoir ou l'alimentation. Un silence terrible s'abattit. L'hélicoptère se mit à tituber en sombrant vers le sol. Pedro se retrouva plaqué contre la porte. Tomac tenta de relancer le moteur. Une fois, deux fois, à la troisième tentative les pales s'animèrent à nouveau et l'appareil repartit. Mais il était trop tard. L'hélice arrière heurta le sol et l'hélicoptère bascula dans un gigantesque fracas. La vitre avant explosa en mille morceaux et une mer de sable jaillit devant eux. Ensuite tout devint noir.

Pedro fut le premier à recouvrer ses esprits. Il était allongé sur le sable, miraculeusement indemne à plusieurs mètres de la carcasse de l'hélicoptère que le feu commençait à dévorer. Le garçon se précipita vers le cockpit. La fumée âcre lui brûlait la gorge. Il régnait une chaleur terrible. D'une seconde à l'autre l'appareil risquait d'exploser, pourtant il fallait absolument sauver Martin et Tomac.

Pour l'Inca, il était trop tard. Il gisait, affaissé sur ses manettes, la tête en sang. Un instant, Pedro craignit que Martin n'eût subi le même sort. Celui-ci s'était effondré en travers du siège, le corps couvert d'éclats de verre, mais il respirait encore. Pedro l'agrippa sous les épaules et le traîna hors de l'hélicoptère. Les flammes jaillirent, comme si elles refusaient de laisser échapper leur proie. Dix mètres plus loin, le jeune Péruvien s'arrêta, Martin étendu à ses pieds. Et soudain, le réservoir explosa. Le souffle jeta Pedro à terre.

Martin était évanoui. Il respirait péniblement et de façon irrégulière. Ses vêtements étaient en lambeaux et ses membres marqués de traces de brûlures. Le choc qui avait éjecté Pedro avait propulsé Martin contre le tableau de bord, ce qui expliquait le vilain hématome à son épaule. Au bout de quelques minutes, toutefois, il ouvrit les yeux.

Pedro poussa un profond soupir de soulagement.

« Ne bouge pas, Martin. Je vais aller chercher du secours. La route n'est pas loin, une voiture va peut-être passer. Tu m'entends, Martin ? »

Martin ne réussit qu'à émettre un grognement.

Pedro lui murmura quelques paroles d'encouragement à l'oreille et s'élança dans la nuit. Il n'avait aucune conscience de lui-même, sauf du léger crissement de ses pieds dans le sable et de son souffle haletant. Là-haut, dans le ciel, les étoiles étincelaient, projetant une lueur argentée sur le désert. La chance voulait qu'il eût entrevu la route quelques secondes avant l'accident. Il lui restait à espérer que son instinct le guidait dans la bonne direction.

Il courut jusqu'à l'épuisement. La sueur plaquait sa chemise contre son torse et des ampoules se formaient sous ses pieds. Pourtant, alors même qu'il se croyait incapable de faire un pas de plus, il aperçut la route et, miracle, une voiture garée sur le bas-côté. Il s'agissait d'un camion, avec un curieux engin fixé sur le toit.

Il cria et pressa l'allure.

Le ciment dur remplaça le sable sous ses pas. À présent lui parvenait un ronronnement de machine. Puis il distingua la lumière qui filtrait par le hayon arrière du camion. Pedro comprit avant d'atteindre le véhicule, mais il était trop tard pour reculer.

Quatre revolvers étaient braqués sur lui.

« Bonsoir, jeune homme ! lança perfidement Tovar. Comme c'est gentil de vous joindre à nous ! »

18

LA PORTE S'OUVRE

Martin se releva. Il se sentait mal. Il avait la tête en feu et pourtant son corps frissonnait dans la fraîcheur de la nuit.

« Pedro ? » murmura-t-il.

Seul le silence lui répondit. Alors il se remémora vaguement ce qui s'était passé. La chute de l'hélicoptère, le choc brutal, Pedro qui partait chercher du secours. Il était seul en plein milieu du désert.

Il réussit à faire un pas mais l'hématome de son épaule lui arracha un cri de douleur. Son bras entier était engourdi. Derrière, quelques flammes dévoraient encore les restes de l'hélicoptère. Martin aurait préféré rester sur place pour se reposer, mais quelque chose le poussait à avancer malgré la souffrance que lui causait chaque mouvement.

Une force irrésistible semblait le guider. Martin était devenu une marionnette. Son pas s'accéléra, bientôt il se mit à courir. Son cerveau était vide, ses yeux aveugles. Enfin il ralentit, puis s'immobilisa. Des larmes de soulagement embuèrent ses yeux. Alors seulement il comprit où il se trouvait.

La plate-forme de Qolca. Il en eut conscience avant même d'apercevoir la dalle carrée et le signe qu'il connaissait trop bien gravé au milieu, qui luisait dans la pénombre. Sans même le vouloir, Martin posa les pieds dessus.

Haut dans le ciel, les étoiles brillaient d'une lumière surnaturelle. Vers l'horizon se profilait la trouée entre les deux montagnes qui bordaient le désert. C'était là, selon le professeur Chambers, qu'aurait dû apparaître Antarès, l'étoile manquante. Pour l'instant, on ne voyait qu'un trou noir.

Et, tout à coup, un mouvement attira son attention. Une étoile se déplaçait dans le ciel. Du moins la chose ressemblait-elle à une étoile. En réalité, elle était plus grande et plus brillante que les autres, et filait à une vitesse vertigineuse. Elle parut grossir et étincela comme une comète. La peur envahit Martin.

Le scorpion d'or approchait de la trouée entre les montagnes, et rien ne l'arrêterait.

*

* *

«Je ne crois pas connaître ton nom, remarqua Tovar.

— Pedro.

— Ah, Pedro ! Un nom charmant. Et quel moment propice pour arriver ! Minuit moins dix minutes. Tu as juste le temps de jeter un coup d'œil sur nos installations. Je suis sûr que cela t'impressionnera. »

L'intérieur du camion avait été aménagé comme un véritable poste de contrôle, alimenté par un générateur extérieur et il regorgeait de matériel électronique, avec des dizaines de boutons, de manettes, de curseurs, d'écrans, de voyants lumineux, d'indicateurs. L'engin fixé sur le toit était bien entendu un radar, de plus petite dimension que celui du centre.

Tovar tourna sur son siège, un large sourire aux lèvres. Assis, les pieds ballants au-dessus du sol, l'homme d'affaires ressemblait à un enfant débile jouant avec un jouet dangereux.

« Est-ce l'explosion de l'hélicoptère que nous avons entendue ?

— Oui, maugréa Pedro.

— Et ton ami Hopkins est mort dans l'accident, je suppose ?

— Non, mais il a besoin de secours. Il mourra si je ne retourne pas le chercher. »

Tovar poussa un soupir.

« D'une manière ou d'une autre, il mourra. Oublie-le. Il nous reste peu de temps. J'ignore qui tu es et comment tu te trouves mêlé à toute cette affaire, mais je suis heureux de ta visite. Sincèrement ! Tu vas pouvoir admirer l'intelligence dont j'ai fait preuve. »

Pedro évalua sa situation d'un coup d'œil. Deux des Indiens de Cuzco le tenaient en joue à l'intérieur du camion, deux autres, également armés, surveillaient le générateur installé à une dizaine de mètres. Le générateur... c'était sa seule chance. Mais il lui faudrait attendre une occasion.

« D'accord, répondit Pedro. Vous me racontez vos exploits, mais vous me laissez ensuite rejoindre Martin.

— Marché conclu », acquiesça Tovar avec un sourire sarcastique.

L'homme d'affaires lui raconta alors comment il avait découvert le secret des Lignes de Nazca et comment il avait eu l'idée d'utiliser un satellite pour remplacer l'étoile manquante et déclencher ainsi le système d'ouverture de la porte pour libérer les Anciens.

« Vois-tu, Pedro, en ce moment même, des centaines de satellites tournent autour de la terre, et presque tous poursuivent le même objectif. La guerre. Ce sont des satellites espions ou des engins de protection nucléaire. Le ciel paraît beau par une claire nuit d'été, pourtant il suffirait que quelqu'un appuie sur un bouton pour déclencher un feu d'artifice mortel. Dans ces conditions, pourquoi un satellite ne permettrait-il pas le retour des Anciens ?

« J'ai lancé le scorpion d'or il y a une semaine et, pour la dernière phase, je le guide depuis cette station mobile. J'ai procédé à la mise à feu des réacteurs de freinage qui vont le positionner à son emplacement exact au-dessus du désert de Nazca. Dans deux minutes, les Anciens seront libérés. Dans deux minutes, un monde nouveau commencera. Alors, Pedro, ne suis-je pas un esprit supérieur ?

— Je vous trouve surtout un petit peu fou », répondit Pedro qui sentait la peur le gagner.

Tovar poussa un cri de rage.

« Ne répète jamais ça ! hurla-t-il. Je ne supporte pas qu'on dise que je suis petit !

— D'accord, mais laissez-moi rejoindre Martin, à présent.

— Tu ne sortiras pas d'ici.

— Mais vous avez promis !

— C'était mal de ma part, ricana Tovar. Mais Hopkins doit mourir, et toi aussi. Vous êtes tous les deux des ennemis des Anciens. En attendant, tu vas assister au spectacle, poursuivit Tovar en tournant une manette. Minuit moins une minute. L'heure est venue. »

*
* *

L'étoile artificielle approchait de sa position finale. Martin avait oublié sa douleur. Un changement extraordinaire était en train de se produire dans le désert. Il faisait terriblement froid, à présent, et des rafales de vent fouettaient le sable. La brillance des étoiles s'était intensifiée au point qu'elles étincelaient d'une lumière dure. L'impression de menace imminente était presque palpable. Ainsi que les Incas l'avaient prédit, Martin était seul face au danger.

Le danger. Soudain il comprit. La porte qu'il avait tant cherchée n'était ni un cercle de pierres, ni un édifice, mais c'était le DÉSERT lui-même. Les Lignes de Nazca dans leur ensemble. Il les avait pourtant survolées, il y avait marché !

Le satellite passa au-dessus du sommet de la montagne, ralentit, puis vint se fixer dans la trouée. Le schéma était complet, la combinaison secrète de la serrure violée.

Rien ne se produisit tout de suite. Martin se demanda même si la porte n'allait pas rester fermée malgré tout. Puis un léger grondement se fit entendre, venant de très loin, de très profond.

Ensuite une odeur épouvantable emplit l'air, une odeur de viande grillée, douceâtre et écœurante. Martin observa le sable. Une sorte de liquide, épais comme du goudron mais d'un vert sombre, se répandait sur le désert en longues coulées luisantes. Sous ses yeux se formaient des cercles, des triangles, et des signes géants incompréhensibles. Le goudron suintait des lignes elles-mêmes.

Le grondement enfla, le vent devint tornade. Assourdi, les cheveux plaqués sur le visage, Martin perdit l'équilibre. La plate-forme bougeait. Il s'aperçut que le désert tout entier était secoué de vibrations. Sa vision se brouilla et une bourrasque plus violente le frappa comme un coup de poing, tandis que le sable lui giflait le visage.

Ensuite retentit un énorme craquement. Une lumière jaillit du désert, au travers des lignes, et s'éleva dans la nuit. Très loin dans les profondeurs résonna un hurlement, un gigantesque cri de triomphe. Le premier des Anciens se préparait à franchir la porte.

*
* *

Pedro ressentit la secousse, lui aussi, et il entendit le cri. Une rage impuissante le saisit. Les quatre Indiens continuaient à le menacer de leur arme. Deux à l'intérieur du camion, deux à l'extérieur. Ils le tueraient au moindre geste.

Victor Valenzuela de Tovar riait de joie et d'excitation.

« J'ai gagné ! Bientôt mes maîtres seront de retour ! »

Pedro jeta des regards désespérés vers le hayon arrière où les Indiens montaient toujours la garde, et vers l'extincteur fixé au mur à deux mètres de lui. Il n'avait plus rien à perdre, il devait agir.

Une soudaine onde de choc ébranla le camion. À l'intérieur, les deux gardes perdirent l'équilibre et roulèrent l'un sur l'autre tandis que les portes se refermaient brutalement. Pedro entra aussitôt en action. Il bondit sur les poignées de la porte pour les verrouiller, se coupant ainsi de la menace des Indiens postés dehors. Il luttait maintenant à un contre trois.

Sans perdre une seconde, il arracha l'extincteur de la cloison et le braqua sur les deux Indiens qui tentaient de se relever. Le jet de mousse blanche les aveugla. Une seconde onde de choc faillit renverser le véhicule. Prenant solidement appui, Pedro brandit l'extincteur et l'abattit sur la tête d'un de ses adversaires qui s'écroula d'un bloc. Il voulut répéter l'opération mais le second le menaçait déjà de son revolver. Intinctivement Pedro se protégea derrière l'extincteur et la balle ricocha sur le cyclindre. Il s'en servit ensuite comme d'un boutoir pour charger le tueur. Atteint en pleine poitrine, celui-ci bascula contre la console de contrôle et son bras fracassa un écran de verre. Il y eut un éclair bleu. L'Indien cria. L'espace d'une seconde ses yeux devinrent blancs, puis il s'affaissa sur le sol, mort.

Pedro n'eut malheureusement pas le temps de récupérer son revolver car Tovar lui décocha un violent de coup de pied dans la tête au moment où il se penchait pour le ramasser. Un vertige le saisit et il roula en avant, sans forces. Quand il reprit ses esprits, Victor Valenzuela de Tovar pointait le canon du revolver contre sa nuque.

*

* *

Un éclair rouge déchirait le ciel, comme si la nuit s'était soudain fendue pour dévoiler sa chair et son sang. Dans le désert, les lignes s'étaient ouvertes comme des blessures sous la lame d'un couteau. Martin était aveuglé par le sable qui tourbillonnait autour de lui, et assourdi par le grondement souterrain qui éclatait maintenant comme un fantastique tonnerre.

Une lumière pourpre jaillit de la montagne. Le plus grand des sommets se fracassa en mille fragments de rocher qui fusèrent de toutes parts, accompagnés d'un épais nuage de fumée grise. La montagne entière frémit. Puis une coulée de lave apparut sur le bord du cratère et commença à serpenter lentement en direction du désert. Une deuxième montagne explosa. Bientôt la pampa entière fut cernée par un mur de fumée qui semblait s'élever jusqu'aux étoiles.

Le mugissement souterrain continuait. À la surface, le liquide épais écumait, bouillonnait. Progressivement, d'immenses trouées se formaient à la place des grands triangles. Des flots de lumière blanche jaillissaient à mesure que le sol se dérobait. Le mugissement s'amplifia et le premier des Anciens apparut.

Il avait la forme d'un oiseau, mais la taille d'une maison. Il prit son essor d'un lourd battement d'ailes, ses serres menaçantes largement ouvertes. Plus loin, une gigantesque araignée émergea de l'abîme. Ses yeux luisaient d'un vert effrayant. Ensuite ce fut le tour d'un énorme singe qui bondit avec un épouvantable ricanement.

Certains Anciens n'avaient pas de forme reconnaissable, silhouettes floues d'où sortait ce qui ressemblait à des membres. Le désert ne tarda pas à grouiller de centaines d'entre eux, mais il continuait d'en surgir d'autres. Une véritable armée de mort et de destruction. Il y en avait de toutes tailles, cependant tous étaient noirs, enveloppés d'une sorte de brume argentée qui les séparait du monde réel. Ils prenaient d'abord le temps de humer l'air de la terre qu'ils n'avaient pas respiré depuis un million d'années, puis bondissaient au loin dans des tourbillons de fumée et de sable.

Un éclair zébra le ciel et le mugissement enfla. Des silhouettes, de forme humaine cette fois, apparurent : des fantassins armés de lances et de haches, des cavaliers portant des armures. Eux aussi étaient noirs, pareils à des ombres. Leurs longs manteaux étaient en loques. Martin entrevit la lueur de leurs yeux et la fumée blanche qui s'échappait de leurs bouches. Il ne les avait jamais rencontrés auparavant, pas même en rêve, pourtant il les connaissait. Ces créatures fantomatiques formaient la garde du Roi des Anciens.

Martin prit une profonde inspiration et ferma les yeux. Le moment approchait. Il lui fallait puiser en lui le pouvoir qui avait détruit les condors deux soirs plus tôt. Il perçut le frémissement au fond de lui-même, puis ce picotement intérieur qui semblait se propager dans ses veines. Le vent mugit autour de lui, comme s'il cherchait à se nourrir de sa force. Martin sentait son pouvoir irradier tout son corps et se concentrer dans ses bras.

Il ouvrit les yeux.

*

* *

Des flammes orange jaillissaient de la console de commande. Les fils électriques grésillaient et les écrans de verre explosaient. Au moment où Victor Valenzuela de Tovar allait tirer, une nouvelle secousse ébranla le camion qui se mit à tanguer, menaçant de se renverser. Tovar perdit l'équilibre et lâcha son arme. Derrière lui un moniteur de télévision glissa de son socle et s'écrasa sur le sol. Sur le toit, le vent arracha le radar avec un craquement sinistre.

Tovar poussa un cri de rage et se rua sur la porte. Les flammes se développaient rapidement et une fumée âcre emplissait le camion. Pedro se remit péniblement debout, les yeux pleins de larmes et la gorge en feu. Il sauta dans le sable et s'éloigna rapidement.

Dehors, le monde semblait pris de folie. Le désert s'était transformé en une mer furieuse. D'étranges rubans rouges et verts zébraient le ciel. Le vent hurlait. D'immenses cratères creusaient le sol qui subissait un véritable séisme. Pedro n'aperçut nulle part les deux Indiens qui montaient la garde près du générateur, en revanche il entendit le camion exploser. Une tornade de sable le fit chanceler.

À ce moment, un cri retentit derrière lui et, avant qu'il ait pu réagir, une barre de fer pressée contre sa gorge l'immobilisa, lui meurtrissant les chairs et lui coupant la respiration. Tovar cherchait à l'étrangler.

Pedro se débattit, tenta d'agripper son adversaire, puis de desserrer la prise pour reprendre son souffle. En vain. Déjà les forces l'abandonnaient. Le sang lui battait les tempes. Un voile noir lui brouillait la vue. Ses genoux fléchirent. Mais alors même qu'il s'affaissait, le sol se déroba, comme si sa propre tombe se creusait sous ses pieds. Le séisme s'était amplifié. Une crevasse venait de s'ouvrir et le sable cascadait à l'intérieur. Pedro et Tovar qui se trouvaient juste sur son sillon plongèrent dans le vide.

La faille, d'environ dix mètres de profondeur, formait une tranchée qui courait sur des kilomètres. Le sable du désert s'y déversait en torrents et, au moment où Pedro se relevait, les deux parois commencèrent à se rapprocher. La panique le saisit lorsqu'il comprit que la fissure allait se refermer aussi vite qu'elle s'était ouverte. S'il ne trouvait pas rapidement un moyen de s'en échapper, il serait enterré vivant.

Derrière lui, Tovar émit un grognement. L'homme d'affaires gisait sur le dos, une jambe pliée formant un angle bizarre. Pedro n'avait pas de temps à perdre. Une nouvelle secousse resserra les parois de la crevasse. Impossible de s'agripper sur le sable qui glissait, mais une miraculeuse voie de secours lui apparut subitement : le câble qui avait relié le générateur au camion pendait dans la faille.

Il courut et en saisit l'extrémité. Le passage s'était tellement resserré qu'il pouvait toucher les deux parois en écartant les bras. Pedro grimpa sans perdre une minute. Tout à coup, le câble fléchit d'un mètre et le garçon se balança un instant dans le vide, pétrifié. Mais l'amarre résista.

Puisant dans ses dernières ressources, Pedro reprit son ascension et poussa un cri de soulagement en atteignant les bords de la faille.

« Pedro ! »

Pedro se retourna pour risquer un coup d'œil dans le fond de la crevasse. Tovar avait réussi à se traîner jusqu'au câble. Il avait les yeux exorbités de terreur.

« Pedro ! cria-t-il à nouveau. Ma jambe est cassée, je ne peux pas grimper seul ! »

Les parois se refermèrent encore de quelques centimètres. Tovar poussa un cri de terreur et se mit à pleurer.

« Je t'en supplie, aide-moi ! Ne m'abandonne pas ! »

Pedro aurait voulu ne pas entendre ses jérémiades, tourner les talons, et oublier Tovar à jamais.

Mais il ne pouvait pas. Il se mit à plat ventre, s'accrocha au câble et plongea le bras dans la fissure.

« Attrapez ma main ! cria-t-il. Je vous tirerai. »

Une secousse ébranla à nouveau les parois. La peur donna des forces à Tovar qui parvint à se hisser le long du câble, mais pas suffisamment pour atteindre la main de Pedro.

« Je ne peux pas ! sanglota-t-il. Je ne peux pas !

— Essayez encore. »

Tovar fit un effort désespéré.

« Non, je... je ne peux pas. Je suis trop... »

Les parois se refermèrent. Pedro roula en arrière tandis que Tovar poussait un ultime hurlement, vite étouffé par le sable qui l'engloutissait. Les deux bords de la faille se rejoignirent.

Pedro se releva. Sa gorge lui faisait mal et un élancement douloureux lui martelait la tête. Le silence était revenu, le vent tombé, le séisme apaisé. Là-haut, le ciel était clair. À quelques mètres de là, la carcasse carbonisée du camion gisait sur le flanc. Il n'y avait personne en vue.

Lentement, Pedro commença à marcher sur la route.

*

* *

Martin se tenait toujours sur la plate-forme, mais il n'était plus seul. Les armées des Anciens le cernaient, formant deux vastes cercles. Le cercle extérieur était composé des animaux, plumes ou poils flottant au vent. Les cavaliers, noires silhouettes fantomatiques sur leurs montures squelettiques, formaient le cercle intérieur. Les fantassins armés de lances se tenaient entre les deux. L'odeur de la mort rôdait autour d'eux. Malgré leur apparence, il n'y avait rien d'humain dans ces créatures. Elles venaient d'un autre temps, d'un autre monde. Elles étaient la mort et la mort était leur plaisir.

Alors, le Roi des Anciens émergea lentement des profondeurs du désert.

Martin frémit. Le Roi était monstrueux, plus grand que toutes les autres créatures. À eux seuls les ongles de ses doigts dépassaient la taille de Martin. Il était noirâtre, lui aussi, légèrement teinté de vert. Ses yeux rouges étincelaient. Il personnifiait les ténèbres. Martin distingua un bracelet à pointes autour de son poignet, un casque avec une corne et une couronne sur sa tête, ainsi que des écailles luisantes sur ses bras. Il était pourvu d'une queue épaisse qui reposait sur le sable. Mais il était difficile de saisir d'autres détails. Le Roi des Anciens était trop gigantesque et trop hideux pour être observé tranquillement.

« Partez ! hurla Martin d'une voix qui semblait aussi dérisoire qu'un bruissement d'insecte. Votre place n'est pas ici ! »

Le Roi des Anciens éclata d'un rire horrible et sinistre qui se répercuta sur tout le plateau.

« Partez ! » répéta Martin.

Il leva les bras. Le pouvoir monta en lui et il le dirigea contre les créatures.

Les rayons de lumière jaillirent des paumes de ses mains et frappèrent le Roi des Anciens en pleine gorge. La créature recula, les yeux jetant des flammes, ses mains palmées battant l'air. Martin, qui n'était qu'une poussière en face de lui, poursuivit son effort, encore, en concentrant toute son énergie. Alors le Roi des Anciens cria. Un cri de douleur et de défaite que reprirent en chœur toutes ses créatures.

À cinq kilomètres de là, Pedro entendit le cri et se retourna. Il ferma les yeux, croisa les bras, concentra son esprit sur Martin, et canalisa son propre pouvoir à travers le désert qui les séparait.

« Martin ! » cria-t-il en levant les mains.

Martin l'entendit et sentit ses forces renaître d'une énergie nouvelle. À présent l'armée infernale hurlait de peur et de douleur devant l'agonie de son maître. Lentement, tremblant de fureur impuissante, le Roi des Anciens s'effondra, vaincu par la violence du pouvoir de Martin. Avec sa chute, les créatures parurent se flétrir et se recroqueviller comme des feuilles de papier jetées au feu. La fin fut aussi soudaine que le commencement. Les rayons de lumière déclinèrent et le désert se vida.

Martin se retrouva à nouveau seul. Il titubait. Il avait utilisé son pouvoir jusqu'à l'extrême limite, et son pouvoir le consumait. Deux soleils se mirent à danser devant ses yeux, puis la nuit l'engloutit.

Il s'effondra sur la plate-forme, inerte.

19

LE GUÉRISSEUR

« Je suis désolée, monsieur Cole, soupira le professeur Chambers. Martin est mourant. Nous ne pouvons rien pour lui. »

Richard restait silencieux dans la voiture d'Augusta Chambers qui le ramenait de l'aérodrome de Nazca. Pendant le trajet, elle lui avait rapidement résumé ce qui était arrivé à Martin depuis son arrestation. Il y avait trois jours maintenant que les Incas avaient découvert l'adolescent gisant dans le désert. Le tremblement de terre avait complètement effacé les Lignes de Nazca. Le sol était creusé de cratères, des monticules de sable s'étaient formés là où le sol avait été plat. L'un des grands mystères de l'Ancien Monde venait de disparaître.

Richard avait été libéré de prison le matin même.

L'influence des amis du professeur Chambers, la découverte de cocaïne dans le laboratoire clandestin du centre de recherche de Tovar Communications, et le tremblement de terre lui-même avec toutes ses implications, avaient convaincu les autorités péruviennes de l'innocence du journaliste. Le professeur Chambers lui avait adressé un télégramme et il avait sauté dans le premier avion à destination de Nazca.

« On avait transporté Martin à l'hôpital local, poursuivit l'archéologue en engageant sa voiture dans le chemin qui menait à sa maison. Il est dans le coma. Une fois ses blessures soignées, je l'ai fait transférer chez moi et j'ai engagé une infirmière qui veille sur lui en permanence. Je pensais qu'il aurait plus de chances de se rétablir ici, mais... il s'affaiblit d'heure en heure. Je ne comprends pas ce qui lui est arrivé dans le désert, monsieur Cole. C'est comme si... sa vie s'écoulait lentement de lui. »

La voiture s'arrêta et Richard descendit.

« Puis-je le voir ?

— Bien sûr. Mais préparez-vous au pire. Je suis sincèrement désolée, soupira le professeur.

— Vous avez fait votre possible, je vous en remercie. Maintenant j'aimerais vraiment me rendre auprès de lui. »

On avait installé Martin dans une chambre du premier étage. L'infirmière était assise devant sa porte ouverte. C'était une pièce calme, avec des nattes de jonc sur le sol et des murs blancs. Les fenêtres étaient ouvertes mais des volets protégeaient de la chaleur extérieure. Sur une petite table, un ventilateur brassait l'air. Martin reposait sur son lit, couvert d'un simple drap. Doucement, Richard s'approcha de lui.

La vue de son ami lui serra la gorge. Martin était proche de la mort. Tout un appareillage pendait au-dessus de lui et injectait, goutte à goutte, un liquide transparent dans son bras émacié. Son visage était pâle, ses yeux clos, sa respiration faible, à peine perceptible.

« A-t-il mangé ? s'enquit Richard.

— Non, répondit le professeur. Il est nourri par perfusion depuis trois jours.

— Et son ami ? poursuivit Richard en se détournant. Le garçon qui l'accompagnait.

— Pedro est encore à l'hôpital. Nous l'avons retrouvé une heure avant Martin. Il souffrait de brûlures au second degré, de contusions et Dieu sait quoi encore. Le pauvre a été frappé et à demi étranglé. Je lui ai rendu visite hier mais il dormait. Je crois qu'on ne le laissera pas sortir de l'hôpital avant au moins une semaine. »

À peine venait-elle de prononcer ces mots que, dans le couloir, l'infirmière poussa un petit cri et que la porte s'ouvrit toute grande devant Pedro. Le professeur Chambers le contempla, bouche bée. Pedro portait encore son pyjama et un bandage lui enserrait la tête. Il s'appuya contre le mur.

« Pedro ! s'exclama le professeur. Quelle folie...

— Laissez-moi seul, la coupa Pedro en levant la main. Martin a besoin de moi.

— Que veux-tu dire ?

— Je n'ai pas le temps de vous expliquer.

— Mais tu es malade, Pedro.

— Non, je vais beaucoup mieux, maintenant. Je

dois aider Martin. Je vous en prie, professeur, sortez. »

Pedro se traîna jusqu'au lit et s'assit sur le bord. Puis il ferma les yeux et tendit la main, les doigts écartés, pour la poser gentiment sur le front de Martin. Le professeur Chambers se mordit les lèvres et saisit le bras de Richard pour l'entraîner hors de la chambre. Ils refermèrent doucement la porte derrière eux.

« Imposition des mains, murmura-t-elle en s'installant avec lui sur la véranda.

— Comment ? sursauta le journaliste.

— Guérison par la prière. J'ai lu le récit de certaines expériences dans des livres, mais je n'y ai jamais assisté. C'est le don de guérir en utilisant une sorte de pouvoir psychique. Cette méthode était couramment employée dans la civilisation inca.

— Mais Pedro...

— Il se trouve que le jeune Pedro est lui-même une sorte de chef de clan inca.

— Comment le savez-vous ?

— Par les Incas eux-mêmes, Richard. Je ne prétends pas tout comprendre, toutefois j'ai réussi à discuter avec eux avant qu'ils ne disparaissent dans la nature. Surtout ne sous-estimez pas Pedro. Si quelqu'un peut secourir Martin, c'est lui. »

Deux heures passèrent ainsi, dans l'anxiété et le doute. Puis, tout à coup, l'infirmière fit irruption sur la véranda en poussant de grands cris. Richard bondit et grimpa l'escalier quatre à quatre. Arrivé devant la porte de la chambre, il hésita, saisi d'une horrible angoisse.

Quand enfin il se décida à entrer, ce fut pour

découvrir Martin, assis sur son lit, qui tournait la tête vers lui en souriant. Richard se précipita vers le lit. Un immense sentiment de soulagement le submergeait. Le professeur Chambers rejoignit Pedro près de la fenêtre. Le jeune Inca semblait épuisé, mais il souriait.

« Oh, Martin, murmura Richard en prenant la main de son ami.

— Salut, Richard, répondit Martin d'une voix encore faible. Tu ne connais pas Pedro. Il a un pouvoir semblable au mien. Il avait guéri ma jambe, à Lima. Il soigne même les singes ! Et il vient de me sauver la vie. Richard, je te présente Pedro... L'un des Cinq. »

*

* *

Tandis que le soleil disparaissait derrière les toits des maisons, une lumière dorée éclairait doucement la ville de Nazca. Un quartier de lune pâle apparaissait dans le ciel, avec une étoile solitaire pour unique compagnie. Un chien aboya. Puis tout redevint silencieux.

Martin se reposait dans un hamac, tendu dans le jardin du professeur Chambers. Deux chèvres déambulaient paisiblement sur la pelouse. Il régnait une telle sérénité qu'on imaginait difficilement la terrible nuit passée dans le désert.

Il y avait déjà deux semaines de cela. Deux semaines de repos pour les deux garçons.

Pedro était assis près de Martin. Il le quittait

rarement. Une porte s'ouvrit et le professeur apparut sur la véranda.

« Comment te sens-tu, Martin, ce soir ? s'enquit-elle en les rejoignant.

— Bien, merci. Je me sens mieux de jour en jour.

— Vous devriez rentrer, il commence à faire frais.

— Où est Richard ? demanda Pedro.

— Dans la maison, il range ses bagages. Puisque vous avez décidé de séjourner ici quelque temps, je vous ai logés tous les trois dans la maison d'hôtes. Vous y serez plus à l'aise et vous ne m'empêcherez pas de travailler. En ce moment même, vos quelques affaires sont répandues sur trois lits, deux tapis et la pelouse. Je crois que Richard n'est pas très organisé », conclut Augusta Chambers avec un sourire.

Elle ouvrit la canne-siège sur laquelle elle s'appuyait et s'assit.

« En tout cas, pour l'instant, je n'aspire plus qu'au calme et au repos, reprit-elle en soupirant.

— Je vous les souhaite, répondit Martin.

— Que veux-tu dire ? tressaillit le professeur.

— Je n'arrête pas de songer à ce qui m'est arrivé dans le désert.

— C'est compréhensible, mon garçon.

— Seul, je n'aurais pas été capable de vaincre les Anciens. Avec Pedro, nous avons réuni assez de pouvoir pour les repousser. Mais avons-nous réussi à refermer la porte ? ajouta Martin d'une voix faible. Avons-nous définitivement écrasé les Anciens ? Ou bien avons-nous seulement gagné du temps ? La porte s'ouvrira peut-être à nouveau... »

La nuit était tombée. L'une après l'autre, les étoiles prenaient leur place. Le ciel entier fut bientôt constellé de petits points lumineux. Quelque chose se détacha d'un arbre et atterrit sur la tête du professeur Chambers. Elle poussa un cri d'effroi et faillit tomber. C'était Charley. Le singe adorait sa nouvelle maison et s'était pris d'une affection débordante pour Augusta, malgré ses rebuffades.

Martin et Pedro ne purent s'empêcher de rire. Le professeur se leva dignement, le singe toujours accroché à ses cheveux.

« Le dîner ne va pas tarder, dit-elle. Rentrons.

— Je meurs de faim ! s'exclama Martin.

— Moi aussi », approuva Pedro.

Soudain un grand cri retentit de l'autre côté de la maison. C'était Richard. Il poussa un second cri. Affolé, un des employés de l'archéologue courut voir ce qui se passait et on entendit Richard lui expliquer ses malheurs dans un espagnol parfait :

« *Una cabra se comio mi pasaporte !* disait-il.

— Que se passe-t-il, encore ? » questionna le professeur Chambers.

Martin pouffa de rire.

« Ce n'est que Richard. Je crois qu'une chèvre vient de lui manger son passeport. »

Vertige fantastique

M. Grimaud

- *Le fantôme des Cassegrain*

A. Horowitz

- *Les portes du Diable*
- *La nuit du Scorpion*
- *La Citadelle d'argent*
- *Le jour du Dragon*
- *L'île du Crâne*
(Prix européen du roman pour enfants de Poitiers, 1993)
- *Maudit Graal*
- *Mortel chassé-croisé*

A. Jay

- *Fantôme en héritage*

L. Lefèvre

- *Week-end infernal*

E. Rodda

- *La montagne de glace*

M.-S. Roger

- *Le Vent de la colère*
- *Les sources du Mal*

Valpierre

- *Le rendez-vous du cauchemar*
Le tarot du Diable

IMPRIMÉ EN FRANCE PAR BRODARD ET TAUPIN
Usine de La Flèche, 72200.
Dépôt légal Imp. : 1469T-5 – Edit : 8383.
20-06-9708-03-7 – ISBN : 2-01-209708-1.
Loi n° 49-956 du 16 juillet 1949 sur les publications destinées à la jeunesse.
Dépôt : avril 1998.

La nuit du Scorpion

Anthony Horowitz

Né en 1957, Anthony Horowitz vit depuis plusieurs années à Londres. Auteur de scripts pour la télévision, il a aussi et surtout écrit des romans pleins d'humour pour la jeunesse. Dans le genre du policier comme dans celui du fantastique, ses succès ne se comptent plus. Plusieurs prix sont venus couronner son œuvre, notamment le Prix Polar-Jeunes 1988 pour *Le faucon malté*, le Prix européen du Roman pour Enfants 1993 pour *L'île du Crâne* et le Grand Prix des Lecteurs de *Je Bouquine* en 1994 pour *Devine qui vient tuer*.

Jean-Noël Velland

Né en septembre 1955, Jean-Noël Velland passe, depuis lors, tous ses loisirs, des crayons et des pinceaux à la main. Il crée des images, pour le plaisir. Aussi a-t-il choisi, pour gagner sa vie, un domaine complémentaire : le son. Il travaille depuis 1982 à France Inter comme réalisateur.